CÉCILE ET NANETTE

2º SÉRIE PETIT IN-8º

Mᵐᵉ GUIZOT

CÉCILE
ET NANETTE

ou

LA VOITURE VERSÉE

ÉDITION REVUE.

LIMOGES

EUGENE ARDANT ET Cⁱᵉ, ÉDITEURS.

CÉCILE

ET NANETTE.

Il faisait une nuit noire, on était au mois de décembre, et cinq heures sonnaient à l'horloge de la paroisse, lorsqu'une servante d'auberge vint avertir madame de Vésac et sa fille Cécile que les chevaux étaient mis, et qu'elles pouvaient continuer leur route. Elles étaient parties de Paris en poste, la veille au matin, pour se rendre à cent cinquante lieues, dans la terre de madame de Vésac, où elle était appelée pour une affaire très-pressée. Elles avaient voyagé jusqu'à dix heures du soir, et devaient repartir après avoir pris quelques heures de repos. Madame de Vésac appela sa fille; Cécile tout endormie ouvrit à moitié les yeux, poussa un gros soupir, et laissa retomber sa tête sur son chevet. Sa mère fut obligée de l'appeler une seconde et même une troisième fois. Cécile s'éveilla en disant : « Ah ! mon Dieu ! que cela est désagréable de se lever à cinq heures du matin dans ce temps-ci ! » Elle aurait dit, si elle eût osé : « Mon Dieu ! que cela est malheureux ! » car une contrariété, une légère souffrance, donnaient à Cécile le sentiment du malheur ; il lui semblait, à la moindre chose qu'elle éprouvait, que personne n'en avait jamais éprouvé autant, et elle croyait de bonne foi que le froid, la faim, la soif, l'envie de dormir, étaient pour elle tout autre chose que pour le reste des hommes. Si l'on se moquait de la vivacité des chagrins que lui causaient les petits maux de la vie, elle disait : « Vous ne sentez pas ce que je sens ; » et elle le pensait réellement.

Cependant, comme Cécile avait de la générosité dans le caractère, une âme élevée, une imagination vive et assez d'amour-propre, elle se passionnait pour les actions belles et courageuses, éprouvait le désir de les imiter, et disait quelquefois qu'elle donnerait tout au

monde pour avoir l'occasion de devenir une
héroïne : « A condition, lui disait alors sa
mère en riant, que tes actes d'héroïsme ne
t'exposeraient jamais à rencontrer une épine
qui t'égratignât, ou à faire cent pas avec des
souliers qui te gêneraient. » Et Cécile un peu
impatientée soutenait que ces choses-là n'a-
vaient pas le moindre rapport avec l'héroïsme.

Madame de Vésac n'avait pu emmener sa
femme de chambre, qui se trouvait malade au
moment de son départ, cela rendait les arrivées aux auberges et surtout les départs plus
désagréables, parce qu'il fallait soi-même défaire [et refaire ses paquets, et s'occuper de
mille détails ennuyeux. Madame de Vésac les
épargnait le plus qu'elle pouvait à sa fille ;
elle l'avait laissé dormir jusqu'au dernier
moment, et quand Cécile s'éveilla, presque
tout était prêt pour le départ : mais encore
fallait-il plier et ranger ses affaires de nuit,
prendre soin de ne rien oublier ; et le froid et
la nuit avaient tellement glacé le courage de
Cécile, qu'il n'y avait que la honte qui l'empêchait de pleurer à chacun des mouvements

qu'il fallait se donner, ou à chaque pas qu'il fallait faire dans la chambre. Cécile avait pourtant treize ans; mais il n'y a pas d'âge où l'on cesse d'être enfant, quand on veut donner de l'importance à toutes les petites fantaisies qu'on peut avoir, et à toutes les petites peines qu'on peut éprouver. Cécile eut beaucoup plus de peine, et mit beaucoup plus de temps à ce qu'elle avait à faire, qu'elle n'en aurait mis si elle s'y fût prise plus courageusement. « Allons donc, » lui disait sa mère à chaque instant; et Cécile se hâtait lentement, comme une personne qui n'a pas de cœur à ce qu'elle fait; il n'aurait fallu, pour s'en donner, qu'un petit effort, un petit acte de raison; il n'aurait fallu que se dire : « Les choses dont je suis obligée de m'occuper en cet instant sont si loin d'être au-dessus de 'mes forces, comme j'ai envie de me le persuader, qu'en y mettant la plus petite volonté, je les ferais sans la moindre peine. » Mais Cécile se refusait à vouloir ce qui lui aurait été si avantageux ; et pour s'épargner un seul effort de raison, capable de vaincre sa répugnance et sa paresse, elle s'y laissait retom-

ber à tout moment, et se soumettait aux efforts continuels qu'exigeaient chaque action
et chaque mouvement.

Enfin tout fut prêt. Madame de Vésac et sa
fille montèrent en voiture, et partirent, sans'
que pour cela les chagrins de Cécile diminuas-
sent. La nuit était si noire, si froide, et Cécile
avait si peu de courage pour surmonter l'impression de tristesse qu'elle en recevait! Elle
grelottait dans sa robe ouatée et sous deux ou
trois châles; ses chaussons fourrés ne l'em
pêchaient pas de se plaindre d'un *froid mor-
tel* aux pieds , et elle ne pouvait assez
cacher dans sa robe ses mains couvertes de
gants de poil de lapin. Enfin, malgré ses dou
leurs, elle s'endormit, et dormit profondément
jusqu'à ce qu'il fît grand jour. Qnand elle s'é-
veilla, le soleil avait déjà dissipé le brouillard
du matin; il brillait dans la campagne cou-
verte de neige, et se faisait sentir à travers
les glaces de la voiture : tout annonçait une
belle journée d'hiver; le cœur de Cécile commençait à se ranimer. On s'arrêta pour déjeuner, et l'on déjeuna dans une chambre
bien chaude, ce qui acheva de lui rendre son

courage et sa gaieté ; alors sa mère se mit à
la plaisanter sur ses désespoirs de la nuit.

— Je vois, lui disait-elle, que pour les actes
d'héroïsme auxquels tu te destines, tu auras
soin de prendre les mois de juillet et d'août,
car le froid est tout-à-fait contraire à ta
vertu.

— Mais, maman, disait Cécile, comment
voulez-vous qu'on remue quand on a les
doigts engourdis de froid ?

— Comme, tout en te plaignant, tu es cependant parvenue à remuer, je suppose que
cela était possible ; mais je sens bien qu'un
tel effort a quelque chose qui passe le plus
grand courage ; aussi, sans l'épouvantable fa-
talité qui t'a soumise à une pareille épreuve,
me serais-je bien gardée de te demander rien
de semblable.

— Il est cependant certain, maman, que
'on pourrait choisir, pour voyager, un autre
noment que le mois de décembre.

— On ne le peut, ma fille, quand c'est au
nois de décembre qu'on a des affaires. Tu ap-
prendras un jour qu'il y a des choses plus
mpossibles que de supporter le froid, et mê-

me de remuer les doigts quand on a l'onglée.
Tu sais bien que César disait : *Il est nécessaire que je parte, et il n'est pas nécessaire que
je vive.*

— On peut bien exposer sa vie dans des oc
casions importantes, où cependant, malgré
toute leur importance, on ne ferait pas des choses impossibles.

— Comme d'attacher une épingle ou de
nouer un cordon quand on a froid.

— Ce n'est pas de cela que je parle, reprit
Cécile un peu impatientée ; et d'ailleurs vous
conviendrez, maman, que nos affaires ne sont
pas si importantes que l'étaient celles de César.

— Qu'en sais-tu ? L'importance des choses
est relative : il ne s'agit pas pour moi de bou-
leverser le monde, ce qui ne me ferait nul
plaisir ; mais il s'agit de terminer un arrangement auquel ton père attache un grand
prix, de répondre à la confiance qu'il m'a té-
moignée, lorsqu'en partant pour l'armée il
s'est reposé sur moi de toutes ses affaires ;
enfin, il s'agit pour moi de le voir content de
moi, ce qui est nécessaire au bonheur de ma

vie : pour toi il s'agit de montrer que tu sais supporter courageusement les contrariétés nécessaires. Tout cela a bien son importance; et puis, ajouta en souriant madame de Vésac, je ne crois pas que nous courions les risques d'en mourir.

— Oh ! non, dit Cécile en riant aussi ; mais je vous assure que César lui-même aurait trouvé qu'il faisait bien froid cette nuit.

— J'en suis persuadée; mais César était un si grand homme ! Sais-tu bien que si nous cherchions avec soin, je suis sûre que parmi ses grandes actions nous en trouverions plusieurs qui ont dû lui donner l'onglée aux pieds et aux mains.

— En ce cas, dit Cécile un peu sèchement, il aura été très-heureux de se trouver alors des choses à faire pour s'empêcher d'y penser, car cela est fort désagréable.

— Bon ! reprit négligemment madame de Vésac, il y a des gens qui savent penser à tout ; je suis persuadée que toi, par exemple, à la place de Clélie, lorsqu'elle traversa le Tibre sur son cheval pour se sauver du camp de Porsenna, tu aurais trouvé qu'il était infini-

ment désagréable d'avoir les pieds mouil-
lés.

—Eh bien ! maman, dit vivement Cécile,
vous devez être enchantée de cela, puisque
vous me répétez sans cesse qu'au lieu de vouloir être une héroïne, c'est bien assez de s'occuper de faire seulement son devoir.

— Certainement ; mais moi qui ne me pi-
que pas d'héroïsme, je trouve que le devoir
suffit quelquefois pour employer nos forces, et
qu'il est difficile de faire toujours ce qu'on doit
quand on ne sait pas vaincre le froid, la fatigue, et même le malheur de se lever à cinq heures du matin au mois de décembre.

— Il est pourtant certain, maman, qu'il y a
des choses impossibles, comme de marcher
quand on est fatigué.

— Et de remuer les doigts quand on a froid,
n'est-ce pas ? Sans doute il y a des choses impossibles pour tout le monde ; mais la diffé-
rence que je trouve entre César et toi, c'est
que l'impossibilité arrivait pour lui beaucoup
plus tard, et qu'à ce degré de fatigue où tu di-
rais : *Je ne peux plus marcher*, il aurait dit :
Il est nécessaire que je marche, et aurait trouvé

la force de continuer son chemin. Tu n'imagines pas tout ce qu'on a de forces quand on veut les employer.

— Je vous assure, maman, reprit Cécile avec un peu d'humeur, que, quand je dis que je ne peux pas faire une chose, c'est que je ne le peux pas.

— J'en suis bien persuadée; mais je voudrais pouvoir connaître l'impossibilité; fais-moi le plaisir d'y penser un peu la première fois. Il est nécessaire que je sache si tu es réellement plus faible qu'une autre.

Cécile ne répondit rien ; elle était bien persuadée que personne ne comprenait ses souffrances, et ne s'était jamais demandé si elle n'était pas faite comme les autres, et par conséquent en état de supporter ce qu'ils supportaient. La journée se passa assez bien; quand la nuit vint, elle s'endormit.

Elle dormait paisiblement, lorsqu'un mouvement violent la réveilla.

— Ah! mon Dieu, qu'est-ce que c'est ? s'écria-t-elle.

— Nous versons, dit madame de Vésac.

En effet, la voiture, qui avait passé sur une

grosse pierre, frappa en ce moment rudement contre terre; elle était complètement renversée sur le côté. Cécile poussa un grand cri, et tomba sur sa mère.

—N'aie pas peur, lui disait madame de Vésac, qui, malgré l'incommodité de sa position, ne s'occupait que de sa fille.

La voiture s'était arrêtée; le postillon descendit de cheval pour venir à leur secours. Pendant ce temps, Cécile continuait à crier.

—Où as-tu mal? lui demanda sa mère, tremblante de la crainte qu'elle ne fût grièvement blessée.

—Partout, répondait Cécile sans savoir ce qu'elle disait; car la peur lui avait fait perdre la tête.

Quand le postillon ouvrit celle des deux portières qui, par la chute de la voiture, se trouvait en haut, incapable de s'aider, elle ne savait comment s'y prendre pour sortir.

—Levez-vous, lui disait le postillon, qui cherchait à la tirer de la voiture.

—Lève-toi, lui répétait sa mère, et Cécile répondait :

—Je ne le peux pas, sans savoir si elle

le pouvait ou non ; car elle n'essayait même pas.

Enfin, le postillon, qui était adroit et robuste, étant parvenu à la soulever, la tira hors de la voiture, et délivra ainsi sa mère, qui était près de se trouver mal sous le poids dont elle l'accablait. Alors madame de Vésac, sortant à son tour avec l'aide du postillon, courut à sa fille, qu'elle fut enchantée de voir debout, bien qu'encore immobile et ne sachant pas s'il lui restait un membre dont elle pût faire usage. Enfin, un peu remise par la voix de sa mère, elle commença à répondre aux questions réitérées que lui faisait celle-ci pour savoir où elle avait mal. Cécile avait les deux genoux meurtris, le coude écorché, une bosse à la tête, un carton lui avait pressé le côté, et son pied, qui s'était trouvé engagé sous le strapontin, était un peu enflé.

— Je suis si meurtrie partout, que je ne peux pas me remuer, disait-elle en se remuant en tout sens pour se tâter. Elle demanda à sa mère si elle s'était fait mal.

— Je crois, dit madame de Vésac, que je me suis foulé le poignet, car j'en souffre beaucoup, et je ne puis me servir de ma main.

— C'est comme mon pied, dit Cécile ; et en disant cela elle marchait.

Madame de Vésac se contenta de sourire sans répondre ; elle enveloppa son bras dans son châle, dont elle attacha le bout autour d'elle pour soutenir son poignet, qui lui faisait beaucoup de mal, et ensuite elle s'occupa de ce qu'il y avait à faire. Revenues du premier étourdissement de leur chute, et tout en se félicitant d'en être quittes à si bon marché, elles se trouvaient dans une situation extrêmement fâcheuse. Comtois, le seul domestique qui les eût accompagnées, était devant en courrier pour faire préparer les chevaux. Le postillon, qui ne pouvait à lui seul relever la voiture, était obligé d'aller chercher du secours à la poste, dont on était encore fort loin. Il fallait que madame de Vésac et Cécile, qui ne pouvaient le suivre, parce qu'il était à cheval, et qui ne connaissaient pas le chemin par où elles auraient pu se rendre seules à la poste, restassent sur la route à l'attendre. La nuit était profondément obscure ; le froid,

sans être très-violent, était pénétrant et désagréable. Il tombait du givre qui, en arrivant
à terre, se glaçait et se changeait en verglas ;
la voiture tout-à fait renversée ne pouvait
servir d'abri aux voyageuses ; et aux autres
inconvénients de leur position se joignait celui de se trouver seules, à dix heures du soir,
sur une grande route. Madame de Vésac, quelque courageuse qu'elle fût, n'était pas sans inquiétude, mais elle savait qu'il était inutile de
s'y livrer ; et lorsque Cécile, un peu effrayée,
lui demanda si elles allaient rester seules :
« Tu vois bien qu'il le faut, » lui dit-elle d'un
ton tranquille, qui fit comprendre à Cécile
que, tout en sachant que ce parti pourrait
avoir quelque inconvénient, elle s'y soumettait avec calme, parce qu'elle voyait qu'il
était nécessaire. Cécile elle-même sentit si
bien cette nécessité, qu'elle ne répliqua rien ;
mais quand, après avoir dételé les chevaux
et en avoir attaché deux à un arbre, le postillon monta sur le troisième pour aller chercher du secours, quand elle le vit partir,
quand elle l'entendit s'éloigner, lorsque le
bruit du galop de son cheval, toujours dimi_

nuant, cessa de frapper son oreille, alors son
cœur se serra de frayeur ; une sueur froide
parcourut tous ses membres, et elle se pressa
auprès de sa mère. Madame de Vésac vit son
effroi ; mais elle ne lui en dit rien, parce
qu'elle savait que rien n'augmente la frayeur
comme d'en parler ; elle essaya seulement de
lui raffermir un peu le cœur en lui montrant
du courage et de la tranquillité.

Le vent devenait plus fort, le givre augmentait, et il commençait à s'y mêler une
neige abondante. Madame de Vésac et sa fille
passèrent du côté où la voiture pouvait les
garantir un peu du vent et de la neige qu'il
leur soufflait dans le visage ; mais cet abri ne
leur suffit pas longtemps. Les tourbillons devenaient d'une telle violence, que deux fois le
chapeau de Cécile pensa être enlevé, malgré
les rubans qui le retenaient. Elles pouvaient à
peine assujétir leurs châles, la neige les as-
saillait de tous côtés, fondait sur elles et pénétrait leurs vêtements ; elles étaient glacées
d'un froid humide, que l'impossibilité où elles
étaient de faire un mouvement ne leur laissait pas les moyens d'écarter. Cécile ne son-

geait point à se plaindre, personne n'eût pu la secourir ; d'ailleurs, elle ne pouvait douter que sa mère ne souffrît autant qu'elle, et on ne se plaint guère que pour exciter la pitié des autres, quand on pense qu'ils sont mieux que nous, et peuvent par conséquent s'occuper de nous plutôt que d'eux-mêmes. Cécile éprouvait alors combien il est faux que les plaintes soulagent : peut-être souffrait-elle moins de sa situation que si elle se fût laissé aller à en gémir ; mais elle ne faisait pas ces réflexions, et c'était naturellement que la nécessité la rendait plus courageuse.

Cependant madame de Vésac, qui craignait que l'humidité et le froid qui les pénétraient ne finissent par faire mal à sa fille, lui proposa de tâcher de chercher un abri dans un bois qui bordait les deux côtés du chemin, et dont les arbres, quoique dépouillés de leurs feuilles, étaient du moins assez serrés pour rompre la violence du vent et des tourbillons de neige ; mais ce bois était l'objet principal de la terreur de Cécile. Effrayée de la proposition, elle ne put répondre que ces mots :

— Oh ! maman, entrer dans le bois !

—Comme tu voudras, ma fille, dit madame de Vésac; mais, ajouta-t-elle en riant, qui veux-tu qui vienne nous chercher par le temps qu'il fait ? Il n'y a certainement que nous en campagne.

Cécile ne répondit point; ses pensées l'effrayaient tellement, qu'elle n'osait les exprimer; et, si elle eût prononcé le mot de *voleurs*, il lui eût semblé qu'elle les appelait. Mais dans ce moment il vint un tourbillon si terrible, que la voiture en parut ébranlée; le vent s'engouffra dans un des stores qui se trouvaient baissés, les cordons se brisèrent, et le store qui n'était plus soutenu, soulevé par le vent, alla frapper la tête de Cécile. Saisie d'effroi, elle s'élança hors de sa place : le tourbillon continuait; elle ne pouvait y résister, et n'osait se rapprocher de la voiture. Tout étourdie par le vent, elle ne savait plus où elle était, ni ce qu'elle faisait; sa mère la prenant sous le bras, la fit entrer dans le bois, où elle reprit un peu ses sens : le vent y était beaucoup moins fort; et, comme il arrive toujours quand on voit les choses de près, Cécile, une fois entrée dans ce bois, en eut beau-

coup moins de peur qu'elle n'en avait eu à la
considérer seulement du chemin. Un taillis,
où se trouvaient quelques arbres verts qui
conservaient leurs feuilles, malgré le mois de
décembre, avait garanti de la neige quelques
pieds de terrain, où les voyageuses se trouvèrent à sec ; un double tronc d'arbre leur four-
nit de quoi s'appuyer, et elles se trouvaient
du moins dans une situation où elles pouvaient attendre supportablement le secours
qui ne devait pas tarder à venir, quand tout
d'un coup Cécile, qui avait les yeux tournés
vers le taillis, voyant probablement le vent
agiter quelques branches, s'imagina aperce-
voir une figure qui remuait et s'avançait vers
elle ; la frayeur l'égare tout-à-fait, elle saisit
le bras de sa mère, et, sans rien dire, l'en-
traîne en marchant aussi vite qu'elle peut à
travers les broussailles, et s'enfonce dans le
bois pour éviter les terribles objets dont elle
se croit poursuivie. Sa mère étonnée, après
l'avoir suivie quelques pas, tâche de l'arrêter.

— Où vas-tu, lui dit-elle, qu'as-tu ?

Mais Cécile, que la voix de sa mère achève
d'effrayer, parce qu'elle a peur qu'on ne l'en-

tende, continue à l'entraîner avec une force extraordinaire ; et sa mère, qui ne veut pas la quitter, est obligée de la suivre ; enfin, à force de lui parler, elle la fait revenir à elle. Cécile s'arrête un moment, et lui dit d'une voix basse et tremblante :

— L'avez-vous vu ?

— Qui ? demande madame de Vésac.

— Dans les arbres... un homme...

— Je n'ai vu personne, tu t'es trompée, je t'assure.

— Oh ! mon Dieu ! j'entends encore... Et elle veut recommencer à marcher.

Madame de Vésac la retient.

— Ma Cécile, lui dit-elle, affligée de l'état où elle la voit, mon enfant, un peu de raison, un peu de courage ; il n'y a personne, je t'assure, il n'y a rien à craindre ; fie-toi à moi, qui ne voudrais pas te faire courir de danger, et dont la raison est plus calme que la tienne.

Un peu remise par ces paroles, et par le ton affectueux dont elles sont prononcées, Cécile, honteuse, s'arrête et passe à travers le châle de sa mère le bras qu'elle tenait encore. « Retournons sur nos pas, dit madame de Vésac.

de peur de nous égarer. » Cécile n'ose rien dire, mais elle frissonne à l'idée de repasser auprès du taillis. En ce moment elles s'entendent appeler, et reconnaissent la voix de Comtois. Cécile respire, et s'empresse de répondre ; mais Comtois est entré dans le bois par un autre endroit, elles s'arrêtent pour écouter d'où vient la voix.

— C'est par là, maman, dit Cécile en montrant à sa mère une route un peu plus à droite que celle qu'elles allaient prendre, et enchantée de penser qu'elle évitera le taillis. Madame de Vésac écoute encore, et la voix de Comtois, qui continue à l'appeler et à lui répondre, lui semble en effet venir de la droite ; elle prend la route que lui indique Cécile, et elles marchent en appelant de temps en temps Comtois, vers l'endroit où sa voix continue à se faire entendre ; mais cette voix paraît tantôt se rapprocher et tantôt s'éloigner ; il semble que Comtois, selon le lieu où il croit qu'elles doivent être, change de route et de direction ; elles-mêmes enfilent une route, et puis une autre, sans être bien sûres de prendre la bonne. Cette incertitude dure quelques

minutes ; enfin la voix se rapproche sensible-
ment, elles entendent marcher à travers les
arbres.

— Est-ce vous, Comtois ?

— C'est lui.

Et Cécile, dans le transport de sa joie, est
prête à lui sauter au cou : elle oublie le froid,
le verglas, le vent ; délivrée de sa frayeur, elle
ne pense plus qu'elle ait rien de pénible à supporter. Comtois leur dit qu'on a amené du
monde, et qu'en ce moment on travaille à relever la voiture, et qu'il va y retourner avec
elles ; mais il s'agit de trouver le chemin. Oc-
cupés de se chercher, ni Comtois, ni madame
de Vésac n'ont songé à observer leur route :
ils s'arrêtent pour écouter s'ils n'entendent
pas le bruit que doivent faire les gens qui
travaillent à relever la voiture ; mais le vent
emporte les sons d'un autre côté, ou lorsque
ces sons leur arrivent ils sont si faibles et si
incertains, qu'ils en concluent qu'ils sont en-
foncés dans le bois plus qu'ils ne l'ont cru. Cependant ils marchent du côté où ils supposent
que doit être le chemin, écoutent à chaque
pas si le bruit ne devient pas plus fort ; dans

2

certains moments, Cécile s'imagine entendre des voix, et soutient même qu'elle a reconnu celle du postillon ; d'autres fois, n'en-
tendant plus rien, elle commence à s'inquiéter, mais la joie d'avoir retrouvé Comtois soutient encore son courage. Enfin elle s'écrie :
« Maman, je vois du jour à travers les arbres ; c'est sûrement le chemin. » Madame
de Vésac regarde et aperçoit en effet devant
elle un endroit où les arbres paraissent s'é-
claircir ; mais elle ne croit pas reconnaître la
route, et s'étonne de n'entendre aucun bruit.
Cécile lui fait hâter sa marche en répétant :
« Voilà le chemin, voilà le chemin. » Sa mère
l'engage à ne pas trop se réjouir d'avance ;
mais elle ne l'écoute pas, et arrive la première à un endroit découvert en effet, mais
entouré de bois de tous les côtés, et qui n'offre
d'issue que par une route presque parallèle à
celle qu'ils viennent de parcourir. Elle s'arrête consternée.

— Ce n'est pas là le chemin, dit madame
de Vésac.

— Moi, dit Comtois, je ne sais plus où nous
sommes.

— Qu'allons-nous devenir? demande Cécile d'un ton craintif et troublé, mais sans ces ex-clamations qui lui étaient si familières ; car dans ce moment de craintes et d'embarras véritables, elle était plus occupée de sa si-tuation que du désir d'exprimer vivement ce qu'elle sentait.

— Nous allons travailler à nous tirer d'ici, répondit madame de Vésac; le chemin ne peut être bien loin. Seulement il faut suivre une autre direction que celle que nous avons suivie.

On s'arrêta encore à écouter et à consulter; mais on n'entendit plus absolument rien ; et, quant à la route qu'ils avaient à suivre, com-me ils n'avaient de choix qu'entre celle par où ils étaient venus, et une autre dans le même sens, la consultation ne pouvait être longue : la seconde route leur semblait beau-coup meilleure que celle qu'ils venaient de quitter; c'était un sentier assez large et assez battu, d'où l'on conclut qu'il devait nécessai-rement conduire à quelque endroit fréquenté. On se détermina donc à le suivre, et les voya-geuses se remirent à marcher avec un nou-

veau courage ; seulement Cécile vit que sa
mère arrangeait différemment le bout du châle
dont elle s'était servie pour soutenir son bras,
et qu'elle y portait quelquefois la main, d'où
elle jugea qu'elle souffrait davantage. Elle lui
demanda ce qui en était.

—Il ne faut pas penser à cela dans ce mo-
ment-ci, dit madame de Vésac ; en sorte que
Cécile n'osa pas trop se plaindre de son pied,
qui commençait aussi à la faire souffrir ; elle
dit seulement :

— Mon pied me fait un peu de mal.

Elle avait déjà assez réellement souffert
dans cette soirée pour avoir appris à ne plus
parler que des maux qui en valaient la peine.

La neige tombait avec moins de violence,
le vent s'était un peu apaisé, en sorte que
dans le bois le froid était très-supportable.
Madame de Vésac et sa fille, appuyées cha-
cune sur un des bras de Comtois, marchaient
sans beaucoup de peine dans un sentier assez
uni, et que la neige qui venait de le recouvrir
avait rendu beaucoup moins glissant. Rani-
mées par ce moment de relâche, elles firent
cette partie de la route assez gaiement ; ma-

dame de Vésac assurait même que son bras la faisait moins souffrir depuis que le froid était devenu moins vif, et Cécile se soutint par l'espérance de reposer bientôt son pied dans la voiture. De temps en temps cependant Comtois élevait la voix et appelait les gens de la voiture; on ne lui répondait pas, et aucun bruit ne parvenait à leurs oreilles. Les voyageuses recommençaient à s'inquiéter un peu de marcher toujours sans que rien les assurât qu'elles ne s'éloignaient pas de plus en plus du lieu où elles voulaient arriver; il fallait pourtant bien continuer, car il n'y avait pas de raison pour croire qu'en retournant sur leurs pas elles se trouvassent dans une meilleure direction. Enfin elles arrivèrent dans un endroit où la route était croisée par une autre absolument semblable. A cette vue, elles tombent dans la plus grande perplexité; aucune raison ne s'offrait pour choisir une des trois routes plutôt que les autres, si ce n'est que la route directe les ayant, à ce qu'il paraissait, si peu rapprochées du chemin, il semblait raisonnable d'essayer l'une des deux autres. Mais laquelle prendre?

Comtois voulut monter sur un arbre assez haut qui se trouvait à l'entrée d'une des routes, espérant découvrir le chemin et la voiture ; mais outre que ses bottes ne lui permettaient pas de grimper bien lestement, la première branche à laquelle il s'accrocha se trouva être de bois mort et cassa : il tomba heureusement sans se faire beaucoup de mal ; mais madame do Vésac et Cécile, à qui sa chute avait fait une terrible peur, l'empêchèrent de remonter, en lui représentant que s'i lui arrivait quelque accident, leur situation à tous les trois deviendrait affreuse. Il fallut donc se décider à marcher au hasard. On crut se rappeler qu'en s'éloignant du chemin, on avait plusieurs fois un peu tourné à gauche ; on pensa qu'en revenant en sens contraire, c'était à gauche qu'il fallait tourner pour s'en rapprocher. La route à gauche fut donc celle que l'on choisit, non sans beaucoup de regret de ne pouvoir deviner ce qui se trouvait au bout de la route à droite ; mais ce n'était pas le moment des regrets inutiles, et l'on se décida à tâcher de croire qu'on prenait la meilleure.

Cependant la tristesse recommençait à gagner les voyageuses : le pied de Cécile était
assez enflé ; la fatigue augmentait beaucoup
les douleurs du bras de madame de Vésac,
quoique l'inquiétude où elle était la tînt dans
un état d'agitation et de fermentation de sang
qui l'empêchait de sentir son mal autant qu'elle
l'aurait fait dans un moment plus calme. Mais
cette inquiétude était elle-même un mal bien
grand : il n'y avait plus de raison pour qu'elle
comptât retrouver son chemin , et si le hasard
ne la dirigeait pas mieux qu'il n'avait fait jusqu'alors, elle calculait en frémissant ce qu'elles avaient d'heures à passer dans le bois, de
fatigues et de souffrances à essuyer en attendant le jour.

Cécile, plus abattue encore, ne disait rien et
commençait à ne plus penser; la fatigue, la
tristesse, l'ennui, absorbaient toutes ses fa-
cultés.

La route qu'elles avaient choisie se termi-
nait à une espèce de carrefour d'où partaient
plusieurs sentiers plus étroits ; elles choisi-
rent celui qui leur parut le plus large et le
meilleur ; mais il se rétrécit bientôt au point

que madame de Vésac et sa fille furent obli-
gées de quitter le bras de Comtois, qui passa
devant pour leur frayer un peu la route. L'é-
paisseur du bois en cet endroit y avait entretenu une humidité qui s'était convertie en
verglas, et avait empêché la neige récemment
tombée d'y pénétrer assez pour recouvrir le
chemin. On glissait à chaque pas, et madame
de Vésac et sa fille, qui marchaient l'une derrière l'autre, ne pouvaient se soutenir qu'en
s'accrochant aux arbres : mais à chaque instant leurs pieds se heurtaient contre des ra-
cines, ou s'embarrassaient dans des branches
traînantes ; et Cécile, souvent près de tomber,
commençait à ne pouvoir retenir ses gémisse-
ments. Enfin, dans un endroit extrêmement
glissant, ne pouvant se soutenir, elle tomba sur
ses genoux : une branche d'épines qui traver-
sait le sentier se prit dans ses vêtements;
lorsqu'elle l'ôtait de sa robe elle se prenait
dans son châle, s'attachait à ses gants et lui
ôtait l'usage de ses mains ; elle voulait se relever, et, au moment où elle cherchait à appuyer son pied, elle glissait et retombait.
Abattue comme elle l'était, ce léger incident

avait achevé d'épuiser son courage. Madame
de Vésac s'était retournée pour lui donner la
main ; mais, près de tomber elle-même, elle
avait été obligée, de la main qui lui restait libre, de s'accrocher à un arbre. Elle plaignait
sa fille et tâchait de l'encourager.

— Maman, dit Cécile, je ne peux pas continuer ; cela est impossible.

— Ma pauvre enfant, lui dit madame de Vésac, est-il bien sûr que cela soit impossible ?
Penses-y sérieusement ; ce n'est pas ici, comme je te le proposais tantôt, une épreuve à
faire par plaisir, c'est un courage nécessaire.
Penses-y, ma Cécile, ajouta-t-elle du ton le
plus tendre et le plus caressant : nous n'avons
que notre courage pour nous tirer d'ici ; mais,
avec du courage, je crois qu'il nous reste des
forces suffisantes pour supporter encore beaucoup de choses. Ne vaut-il pas mieux les employer que de nous abandonner lâchement.

En disant cela, de son pied elle aidait Cécile à se débarrasser de la branche d'épines,
et la soutenait de ses genoux. Cécile relevée
ne répondit rien, et reprit sa route · sentant
la vérité de ce que lui avait dit sa mère, elle

rassembla ses forces pour ne plus se plaindre. Seulement ses larmes coulaient en silence, faiblesse pardonnable, mais qui augmentait ses maux, comme la faiblesse les augmente toujours.

Elles étaient enfin arrivées au bout de ce pénible sentier, et se trouvaient de nouveau dans une clairière du bois où aboutissaient plusieurs routes, sans savoir davantage de quel côté tourner. Elles s'étaient arrêtées à les considérer, lorsqu'il leur sembla entendre à peu de distance un léger bruit qui n'était pas celui du vent. Elles écoutèrent : « Mon Dieu ! dit Cécile, il me semble que j'entends pleurer ; » et en disant cela, un frisson parcourut toutes ses veines.

Elles écoutaient encore, et crurent reconnaître une voix d'enfant ; enfin, en regardant de tous côtés à la faveur de la lune qui commençait à paraître et à dissiper les nuages, elles aperçurent, dans un coin un peu enfoncé de la clairière, une figure debout, appuyée contre un arbre, et immobile. Cécile avait peur, et tenait le bras de Comtois bien serré. « Voyons ce que c'est, » dit madame de Vésac, d'autant qu'elles entendaient toujours pleurer. En approchant, elles reconnurent que ce qu'elles avaient vu était une pauvre femme qui se tenait appuyée contre un arbre sans remuer, et avait auprès d'elle une petite fille d'environ huit ans. La pauvre femme tenait quelque chose dans ses bras; elles approchèrent encore, et virent que c'était un enfant d'environ deux mois, immobile comme sa mère : il paraissait glacé par le froid; sa mère, la tête baissée sur lui comme pour le réchauffer, ne disait rien; on ne savait s'ils étaient morts ou en vie. Les pleurs qu'avaient entendus madame de Vésac et Cécile étaient ceux de la petite fille, qui, debout auprès de sa mère, pleurait doucement et aussi sans remuer. La lune en ce moment les éclairait parfaitement. Madame de Vésac et Cécile approchèrent tout près sans que la pauvre femme changeât de position; elles se regardèrent en tremblant; elles craignaient qu'elle ne fût morte et son enfant aussi. Enfin, madame de Vésac lui dit: « Ma bonne femme, que faites-vous-là ? » Elle ne répondit rien.

La petite fille, qui, en les voyant, s'était

mise à pleurer et à sangloter plus fort, tira sa mère par son jupon, en criant : « Maman, maman, des dames ! »

La pauvre femme leva la tête, leur montra des yeux son enfant, dont elle recouvrit aussitôt le visage avec le sien : elles eurent cependant le temps de voir le visage de l'enfant ; il était pâle comme la mort et sans mouvement. Madame de Vésac voulait lui demander s'il vivait encore, et ne savait comment s'y prendre. Enfin, elle dit à demi-voix, en le touchant :

— Il a bien froid.

— Je ne peux plus le réchauffer, dit la mère encore plus bas, et en le pressant encore plus contre elle, comme si elle eût voulu tenter un nouvel effort pour lui communiquer un peu de chaleur.

— Est-ce qu'il est mort ? demanda Comtois.

A ce terrible mot, la pauvre femme ne répondit rien ; mais elle poussa des cris de désespoir, en le serrant encore plus fort. Cependant madame de Vésac avait trouvé moyen de prendre la main de l'enfant, elle était glacée ; mais elle tâta son pouls, et le sentit battre

— Non, certainement, il n'est pas mort, dit-elle vivement, je sens battre son pouls.

—Ah! mon Dieu! dit la pauvre femme avec un soupir étouffé et en levant vers madame de Vésac des yeux reconnaissants qui commençaient à se remplir de larmes ; mais elle rabaissa bien vite son visage sur son enfant, qu'elle embrassa avec passion.

— Donnez-le-nous, dit madame de Vésac, nous le réchaufferons mieux que vous.

— Donnez, dit Comtois, je le mettrai dans ma redingote ; et il ouvrit sa grosse redingote bien chaude. La pauvre femme hésitait à le lui donner. Donnez, donnez, continua-t-il ; j'ai des enfants, je sais comment on les retourne.

— Donnez-le-lui, dit madame de Vésac ; et la pauvre en femme le mit dans les bras de Comtois, en recroisant par-dessus lui la redingote. Il avait ôté, pour lui faire place, une bouteille qu'il avait dans une poche intérieure.

— Tenez, dit-il, cela ne lui fera pas de mal.

C'était une bouteille d'eau-de-vie : il l'ouvrit

et en versa quelques gouttes dans la bouche de l'enfant; l'enfant les avala.

—Il avale! s'écria la mère dans un transport de joie; et l'enfant commença à respirer plus fort et à remuer ses petits bras.

—Je le crois bien, dit Comtois, cela ferait revivre un mort. Vous ne feriez pas mal, vous aussi, d'en avaler un peu pour vous remettre le cœur au ventre.

La pauvre femme disait qu'elle n'avait besoin de rien; mais madame de Vésac l'engagea à prendre un peu d'eau-de-vie pour se réchauffer : alors la petite fille, qui, depuis que madame de Vésac était arrivée, avait cessé de pleurer, et regardait ce qui se passait autour d'elle, recommença à sangloter doucement, mais assez fort pourtant pour se faire entendre. Cécile l'entendit la première, et se mit à la caresser pour l'apaiser; mais la petite fille pleurait toujours, et regardait la bouteille. Cécile demanda si on ne pourrait pas aussi lui donner quelques gouttes à boire. Comtois assura que cela ne lui ferait pas de mal. « Oui, disait madame de Vésac, si elle en avale quelques

gouttes ; mais si on lui donne la bouteille, elle
en boira trop. » Pendant ce temps la petite
fille pleurait toujours en regardant la bouteille, et pleurait d'un ton si doux que cela
pénétrait le cœur de Cécile. Enfin, par un effort dont on elle ne se serait jamais crue capable,
elle ôta son gant et dit qu'elle la ferait boire
dans le creux de sa main. Seulement, quand
la petite fille eut bu, elle cacha sa main en
disant qu'il faisait bien froid ; et comme la petite fille cracha l'eau-de-vie en disant que
cela la brûlait, elle lui dit que ce n'était pas
la peine de lui avoir fait ôter son gant : elle
allait le remettre quand sa mère dit qu'un
morceau de pain lui serait bien meilleur,
parce qu'elle n'avait pas mangé depuis midi.
Alors la petite se mit à pleurer plus amère-
ment.

— Bon Dieu ! dit Cécile, si j'avais la brioche que j'ai achetée ce matin, et que je n'ai
pas mangée.

— Où est-elle ? lui demanda sa mère.

— Dans la voiture.

— Je croyais t'avoir dit de la mettre dans
ton sac.

— Oui, mais mon sac... En ce moment, Cécile s'interrompt, et pousse un cri de joie.
Elle ne s'était pas aperçue que son sac était
resté attaché à son bras; elle en sent les cordons, les défait, l'ouvre, y trouve la brioche
un peu écrasée dans sa chute; mais les mor-
ceaux en sont bons : elle en donne un à la
mère, qui, sans rien dire, et croyant qu'on ne
la voit pas, le serre dans sa poche. Cécile
cherche encore au fond du sac, et, ôtant son
second gant, demande si, en en broyant les
miettes dans ses mains, on n'en pourrait pas
faire avaler au petit enfant.

— Ce qu'il lui faudrait, dit madame de Vésac, c'est le lait de sa mère; mais supposé
qu'elle en ait encore, il n'est pas actuellement
assez fort pour téter; il faut tâcher d'arriver
le plus tôt que nous pourrons à quelqu'endroit
habité où on puisse lui donner les soins nécessaires.

Alors la pauvre femme, qui, après un moment de joie bien vive, sentait renaître toutes
ses craintes et toutes ses douleurs, dit en
pleurant :

— S'il pouvait vivre seulement jusqu'à

Chambouri, j'ai là ma mère qui est si habile à soigner les enfants !

— Où est Chambouri? demanda madame de Vésac.

— A une petite lieue d'ici, répondit la pauvre femme.

— C'est la poste, ajouta Comtois.

— Et en savez-vous le chemin?

— Si je le sais? dit la pauvre femme, c'est mon pays.

— Pourquoi donc ne vous y êtes-vous pas rendue, au lieu de rester contre cet arbre?

— Je suis tombée trois fois sur le verglas; la troisième fois, mon pauvre petit a poussé un grand cri, et puis n'a plus rien dit; j'ai cru d'abord que je l'avais tué, et puis j'ai pensé que si cela m'arrivait encore je le tuerais : d'ailleurs, un instant après, j'ai senti qu'il ne remuait plus ; je l'ai cru mort, et alors je n'avais plus le cœur à rien.

— Mais à présent nous conduiriez-vous bien à Chambouri?

— Sûrement, pourvu que nous y arrivions à temps ; et la pauvre femme recommença à pleurer.

— Oui, oui, nous arriverons à temps, dit madame de Vésac ; Comtois portera l'enfant d'un côté, et donnera l'autre bras à Cécile. Vous et moi, ajouta-t-elle en s'adressant à la mère, nous tâcherons de nous soutenir mutuellement.

On s'arrangea comme l'avait dit madame de Vésac, Cécile donnant la main à la petite fille, et la pauvre mère, du côté de son enfant, lui portant à chaque instant la main sur la tête qui était hors de la redingote de Comtois, et redoublant ses pleurs à chaque fois qu'elle sentait qu'il avait froid. Madame de Vésac s'en aperçut ; elle s'arrêta, et détachant un petit châle qu'elle avait sous le grand, le donna pour couvrir la tête de l'enfant.

— Il fait bien froid, en effet, dit Cécile, qui recommençait à penser à elle, et qui trouvait que de donner la main à la petite fille la refroidissait en l'empêchant de cacher sa main sous son châle.

— Combien y a-t-il de temps que vous êtes à ce froid-là ? demanda madame de Vésac à la pauvre femme.

— Depuis midi, répondit celle-ci, nous ne sommes pas entrées dans une maison ; j'espérais arriver ce soir de bonne heure à Chambouri ; mais le mauvais temps, les mauvais chemins nous ont retardées, et sans vous, ma bonne dame, nous aurions passé la nuit dans le bois.

— Mais auriez-vous pu y résister ? demanda madame de Vésac.

— Je ne sais pas, dit la pauvre femme en redoublant ses pleurs, si mon pauvre petit s'en sauvera. Alors elle se mit à raconter ses perfections, comme si elle l'avait déjà perdu. Il me connaissait, disait-elle en pleurant ; encore ce matin, il me regardait et il riait ; ce beau soleil l'égayait, il levait ses petits bras, il avait l'air de vouloir sauter ; et encore après le soleil couché, quand pour la dernière fois j'ai essayé de lui donner à téter, il m'a regardée et a tâché de rire. Et à ces mots la pauvre femme redoubla ses pleurs.

— Il vous regardera, il rira encore, dit madame de Vésac attendrie.

— Oh ! dit la pauvre femme, il a tant souffert ! il me regardait comme pour me demander du secours. Et en se souvenant des regards tristes de son enfant, elle ne put retenir ses sanglots. Alors Cécile, s'oubliant encore elle-même, quitta le bras de Comtois, et passant sa main dans la redingote où était l'enfant, dit à sa mère :

— Oh ! il a bien chaud ; touchez-le, il remue ses petits bras : je le crois content.

—Je vous en réponds qu'il remue, dit Comtois ; tenez, il a dérangé le mouchoir qu'il avait sur la tête.

Et Cécile, quittant la main de la petite fille, raccommoda le mouchoir. La pauvre mère ne savait comment témoigner sa joie et sa reconnaissance ; mais la petite restée derrière, parce que Cécile ne la tenait plus, se mit à pleurer.

— Viens donc, lui disait sa mère ; et la pauvre petite répondait :

— Je ne le peux pas.

Cécile alla la reprendre par la main, et lui dit :

— Il faut tâcher de pouvoir, ma petite.

— Combien y a-t-il de temps que vous marchez? demanda madame de Vésac.

— Depuis midi, répondit la pauvre femme : je n'avais plus d'argent pour entrer dans les maisons ; j'avais fini les provisions que j'avais pour le voyage, je voulais arriver à Chambouri.

— Et la petite a marché tout ce temps-là ?

— Tout ce temps-là.

— Cécile a raison, mon enfant, dit madame de Vésac à la petite fille ; il faut tâcher de marcher encore.

— Si Comtois ne tenait pas l'enfant, dit Cécile, je le prierais de la porter.

— Oh ! j'ai mon autre bras, dit Comtois ; mais je ne pourrais plus vous soutenir, mademoiselle Cécile.

— C'est égal, dit Cécile, je pourrai bien plutôt marcher sans bras que cette pauvre petite ne pourra continuer la route à pied.

Comtois alors se baissa, et asseyant la petite sur son bras, la souleva de terre ; mais il lui disait : Tenez-vous par les mains à mon collet ; et la petite répondait en pleurant :

— Je ne le peux pas.

— Pourquoi ? lui demanda Cécile ; et en lui prenant les mains pour lui montrer comment

il fallait tenir le collet de Comtois, elle s'aperçut qu'elle les avait si glacées, qu'elle n'en
pouvait faire aucun usage.

— Oh Dieu! s'écria-t-elle, elle me gèle à
travers mes gants.

Et Cécile se souvenant alors qu'elle en avait
deux paires, dont l'une, en poil de lapin, par-
dessus l'autre; elle l'ôta et la mit aux mains
de la petite fille, après les avoir frottées; puis
comme elle ne pouvait cependant encore tenir le collet de Comtois, elle lui fit passer les
bras autour de son cou.

Cependant la petite pleurait toujours.

— Qu'as-tu? lui disait Cécile, et la petite
ne répondait rien.

— Ce sont ses pauvres pieds, dit la mère;
les engelures les ont ouverts; elle a marché
cependant pieds nus toute la journée, mais
depuis qu'elle ne marche plus, le froid lui fait
plus mal.

. Cécile pensa alors aux chaussons qu'elle
avait par-dessus ses souliers; elle les ôta, les
mit aux pieds de la petite fille, qui cessa de
pleurer; puis elle alla prendre le bras de la
pauvre femme qui donnait l'autre à sa mère;

elle marchait ferme sans se plaindre ni du froid, ni du verglas qui la faisait bien plus glisser depuis qu'elle n'avait plus de chaussons.

— Ma Cécile, lui dit madame de Vésac, combien nous avons trouvé de force depuis le moment où nous avons cru que nous ne pouvions plus aller !

— Oh ! maman, dit Cécile contente d'elle-même, une semblable occasion en donne beaucoup.

— Mon enfant, elle ne les donne pas, elle fait seulement trouver toutes celles qu'on a ; et, puisqu'on les a, pourquoi ne pas les employer dans toutes les occasions ?

— Elles ne sont pas toutes aussi importantes.

— Il est toujours important de venir à bout de ce qu'on fait, et d'en venir à bout le plus tôt, le mieux, le plus complètement possible ; il faut donc chercher tout ce qui nous est possible pour le faire. Quand on manque de courage et qu'on croit manquer de force dans une petite occasion, il n'y a qu'une chose à faire, c'est de chercher tout ce que l'on en trouverait pour une grande.

En disant ces mots, elles touchèrent à la lisière du bois, et se trouvèrent auprès des premières maisons de Chambouri.

— Nous y voilà ! dit Cécile avec un trans-port de joie.

— Oui, dit la pauvre femme; mais ma mère loge auprès de la poste, qui est à l'autre bout du village.

— Ah ! bon Dieu ! s'écria douloureusement Cécile.

— Ne serions-nous pas tentées, lui de-manda madame de Vésac, de trouver qu'il est impossible d'aller plus loin ?

Cécile, qui était prête à le penser, se re-cueillit, consulta ses forces, et frémit en elle-même de tout ce qu'elle sentit qu'elle pouvait supporter encore; tremblant d'être exposée à de nouvelles épreuves, elle ne fut rassurée que lorsqu'après un quart d'heure de marche, elle fut entrée à la poste, et assise auprès du feu de la cuisine.

Elles avaient engagé la pauvre femme à les y suivre pour y réchauffer et déposer ses enfants en attendant que sa mère fût prête à la recevoir. L'enfant s'était endormi dans la redingote de Comtois; quand on l'en tira, le bruit, le mon-de, les lumières, l'éveillèrent, il se mit à crier.

« Il crie ! dit la pauvre mère dans un transport de joie ; et, tombant à genoux, les mains
jointes devant madame de Vésac, sur laquell
Comtois avait mis l'enfant, elle répétait : « Il
crie ! » le regardait, le baisait. Il cessa de crier,
et charmé de sentir la chaleur du feu, il se
mit à rire en regardant sa mère. « Voilà
comme il me regardait ce matin, » s'écria-t-
elle ; et des torrents de larmes coulaient de
ses yeux. On lui fit avaler un peu de lait en
attendant que sa mère fût assez reposée pour
en avoir à lui donner, et la joie qu'il eut à le
prendre fut encore un sujet de transport pour
la pauvre femme.

Pendant ce temps, Cécile s'était emparée de
la petite fille, la tenait sur ses genoux, lui ré-
chauffait les pieds et les mains, et ne se plaignait pas qu'elle l'empêchât de se chauffer.
Enfin, la mère de la pauvre femme, avertie,
vint la chercher, et l'emmena avec ses enfants, en remerciant beaucoup madame de
Vésac, qui ne les laissa pas partir avant de
leur avoir fait donner bien à souper. Elle se
fit donner à elle-même à souper dans une
chambre qu'on avait préparée pour elle et sa

fille ; elle envoya chercher un très-bon chirurgien, qui se trouvait heureusement à
Chambouri, et qui lui pansa le bras. Pendant
ce temps, Comtois alla rechercher la voiture,
qui était relevée, attelée, et attendait les
voyageuses. Au moment où il la ramenait, arriva dans l'auberge un voyageur ; c'était
l'homme d'affaires de madame de Vésac, qui
venait de sa terre à sa rencontre, s'informant
d'elle de poste en poste, pour l'empêcher d'aller plus loin, parce que l'affaire pour laquelle
elle venait était arrangée. Cécile se coucha
donc avec la satisfaction de penser qu'elle ne
continuerait pas son voyage le lendemain,
d'autant que madame de Vésac annonça que
puisqu'elle en avait le temps, elle s'arrêterait
deux jours à l'auberge, pour y soigner et reposer son bras. Le lendemain, elles firent venir la pauvre femme, toute joyeuse de leur
montrer son enfant, qui reprenait de la vie et
des couleurs, et qu'elle ne pouvait se lasser
de regarder et d'embrasser. Elle leur apprit
qu'elle avait été mariée dans un village éloigné de Chambouri, à un ouvrier qui était un
mauvais sujet; qu'après avoir mangé tout ce

qu'ils avaient, il s'était engagé pendant
qu'elle était grosse de cet enfant ; qu'aussitôt
qu'elle avait pu, après ses couches, elle s'était
mise en route pour venir retrouver sa mère,
qui avait un petit bien, et chez qui elle allait
vivre. Madame de Vésac lui dit qu'elle se regardait comme la marraine de l'enfant qu'elle
avait contribué à sauver, qu'elle le prenait
sous sa protection. Mais comme il fallait qu'il
restât avec sa mère, qui d'ailleurs n'aurait
pas consenti à s'en séparer, madame de Vésac
donna seulement quelque argent à la pauvre
femme pour l'aider à vivre elle et son fils ; et
Cécile, avec la permission de sa mère, demanda à se charger de la petite fille. Cela
donna lieu à d'autres aventures que nous allons
raconter.

Madame de Vésac s'était remise en route
pour Paris avec Cécile et Nanette ; c'était le
nom de la petite fille qu'elles avaient trouvée
dans la forêt, et que Cécile avait voulu se
charger d'élever. De ce moment elle la regardait comme à elle ; et, tout enchantée de sa
nouvelle possession, elle ne parlait pas d'autre chose. Déjà elle avait disposé de toutes ses

vieilles robes pour habiller Nanette ; déjà elle
l'avait mesurée dans tous les sens pour juger
si, dans une robe tachée d'encre, et dont elle
était ravie de se défaire en sa faveur, il y aurait de quoi faire une robe à Nanette sans employer le morceau où était la tache ; déjà elle
avait pensé que dans son vieux tablier noir,
en ôtant le morceau qu'elle avait brûlé au
poêle, il resterait un tablier pour Nanette.
Déjà elle avait fait ôter à Nanette son béguin
d'indienne piquée, pour prendre avec un cordon la grosseur de sa tête, afin de calculer ce
qu'il faudrait de percale et de mousseline pour
lui faire des bonnets propres, en attendant
que le retour de la chaleur permît de l'accoutumer à rester nu-tête ; habitude que Cécile
comptait bien lui faire prendre, parce que cela
était infiniment mieux pour une petite fille.
Plusieurs fois déjà elle lui avait dit : « Nanette, tenez-vous droite ; et la petite fille,
qui ne savait ce que c'était que de se tenir
droite, à qui on n'avait jamais rien dit de pareil, n'en baissait qu'un peu plus la tête comme elle faisait toujours quand elle était embarrassée : alors Cécile la lui redressait avec

une douceur composée, et en se disant inté-
rieurement que la patience est le premier devoir d'une personne qui voulait élever un enfant. Madame de Vésac souriait de sa gravité,
et lui conseillait cependant de l'adoucir un
peu si elle voulait obtenir la confiance de son
écolière.

Cécile formait les plus vastes projets pour
son éducation.

— Je lui apprendrai, disait-elle, d'abord à
très-bien travailler, cela est absolument nécessaire pour une jeune fille. Je veux qu'elle
sache l'histoire, la géographie. Peut-être même, si elle a des dispositions, je pourrai lui
apprendre le piano et le dessin : je ne suis
pas assez forte encore pour la pousser bien
loin, mais je le deviendrai tous les jours davantage ; et puis, quand je serai mariée, riche, je lui donnerai des maîtres : je veux
qu'elle ait beaucoup de talents.

Et Cécile allait toujours s'échauffant sur ses
projets et ses espérances. Sa mère l'écoutait
en riant. Cécile, qui s'en aperçut, lui demanda
un peu fâchée si elle n'avait pas raison de
vouloir bien élever Nanette.

— Certainement, reprit madame de Vésac, c'est pourquoi je te conseille de commencer à lui apprendre à lire.

— Cela va sans dire; mais elle sait peut être déjà lire. Nanette, sais-tu lire?

La petite fille la regarda, et puis baissa la tête sans répondre. Cécile lui releva le menton avec son doigt, et lui demandant une seconde fois : « Sais-tu lire? » Et pour toute réponse, Nanette, que le doigt de Cécile avait abandonnée, baissait la tête un peu plus que la première fois. Cécile, avec un signe qui disait à sa mère : « Qu'il faut de la patience avec les enfants! » tira de son sac un livre qu'elle avait emporté pour la route; et l'ouvrant au titre, elle le mit sous les yeux de Nanette, et lui montra du doigt un *A* en lui disant : « Qu'est-ce que c'est que cela? » Nanette leva les yeux en dessous, regarda l'*A*, et puis les rabaissa sans rien dire. Cécile répéta : « Qu'est-ce que c'est que cela? » Et Nanette ne remua pas. « C'est un *A*, » lui dit alors Cécile en radoucissant sa voix, comme une personne qui s'impatiente et veut se contenir. La petite fille la regarda fixement comme si

elle eût voulu lui demander : « Qu'est-ce que
cela me fait que ce soit un *A* ? » — C'est un
A, répéta Cécile ; et la petite fille continua à
la regarder sans répondre. La patience commençait à manquer à Cécile ; mais elle se
souvint de ce que lui imposaient ses nouvelles
fonctions ; et, prenant Nanette sur ses genoux,
elle se mit à la caresser, toujours en lui montrant le livre, et lui répétant : « Pourquoi ne
veux-tu pas dire *A* ? » Nanette ne remuait
pas. « Dis *A*, reprit Cécile, et je te donnerai
ce pruneau. » Nanette regarda le pruneau, regarda Cécile en riant ; et Cécile, riant aussi
de la voir rire, lui répéta : « Dis *A*. » Nanette, la tête baissée et riant, et regardant le
pruneau en dessous, dit *A* bien bas ; Cécile
l'embrassa avec transport. Le pruneau mangé, elle lui montra du doigt un autre *A*, mais
sans pouvoir obtenir que Nanette lui en dît
son avis. « Dis *A*, » répéta Cécile d'un ton caressant, et Nanette regardait de côté s'il venait un autre pruneau. Cependant, soit reconnaissance pour celui qu'on lui avait donné,
soit espérance d'en avoir un autre, soit com-
plaisance pour Cécile, elle consentit encore à

dire *A*. Ce fut pour Cécile un nouveau transport ; persuadée que Nanette était de ce moment forte sur l'*A*, et enchantée de ce premier
triomphe de son éducation, elle lui montra
d'un air de joie le premier *A*, supposant qu'elle
allait le reconnaître sur-le-champ ; mais pour
cette fois il lui fut impossible de rien obtenir.
Nanette n'avait jamais vu un livre, ne savait
ce que c'était, ni à quoi cela pouvait servir ;
elle ne comprenait rien à cette fantaisie de
lui faire dire *A* ; elle l'avait dit sans regarder
la forme de la lettre, sans penser que c'était le
nom de la chose qu'on lui montrait, et tous
les *A* du monde mis sous ses yeux ne lui en
auraient pas appris davantage. Après beaucoup d'efforts inutiles, Cécile, tout-à-fait dé-
couragée, regarda sa mère d'un air chagrin,
en disant : « Comment ferons-nous si elle ne
veut pas seulement apprendre à lire ? » Madame de Vésac lui représenta que c'était se
désespérer bien vite, et qu'il était assez simple
que Nanette, encore tout étonnée de sa nouvelle situation, étourdie de la voiture et inti-
midée de se trouver avec des personnes qu'elle
ne connaissait pas, eût de la peine à com-

prendre ce qu'on lui montrait ; qu'il fallait attendre pour commencer à l'instruire un moment plus calme. Cécile, un peu consolée, fut enchantée d'ailleurs d'avoir une raison pour retarder des leçons dont elle se sentait, pour le moment, tout-à-fait dégoûtée. Cependant, songeant qu'il fallait toujours en attendant s'occuper à corriger Nanette des défauts qu'elle pouvait avoir, elle se promit bien de ne pas lui permettre, le lendemain, quand il faudrait partir à cinq heures du matin, de grogner lorsqu'on l'éveillait, ou de se plaindre du froid ; mais elle n'eut pas occasion de placer sa morale : Nanette, accoutumée à souffrir, ne se plaignait jamais ; et Cécile commença à ne pas trop savoir ce qu'elle pourrait faire pour l'éducation d'une petite fille si douce et si docile qu'on n'avait point à la gronder, et si peu intelligente qu'elle ne voyait pas comment s'y prendre pour l'instruire. Cependant le désir qu'elle avait de lui donner l'exemple, et l'idée qu'elle prenait de sa propre raison, lorsqu'elle se voyait chargée de l'éducation d'une autre, l'empêchèrent de penser une seule fois de se plaindre du froid et du cha-

grin d'avoir été éveillée à cinq heures. Elle
s'occupa avec activité du soin de ranger ses
affaires, afin de montrer à Nanette comment
il fallait s'y prendre ; et Nanette, qui aurait
mieux aimé faire et défaire dix paquets que
de dire une seule fois *A*, s'appliqua à obéir à
Cécile, et ne s'en tira pas mal. Cécile lui en
témoigna sa satisfaction, en sorte qu'elles
montèrent en voiture fort contentes l'une de
l'autre ; et pour entretenir la bonne intelligence, il ne fut pas question de dire *A* jusqu'à
l'arrivée à Paris.

On juge combien de fois à son retour Cécile
raconta l'histoire de Nanette et de la forêt, et
le dessein qu'elle avait formé d'élever cette
petite fille. L'intérêt qu'inspirait cette histoire et l'importance que Cécile croyait acqué-
rir toutes les fois qu'on lui demandait à voir
Nanette, réchauffèrent ses projets d'éducation
un peu refroidis par le premier essai qu'elle
en avait fait. D'aileurs elle avait pris tant de
plaisir à commencer le trousseau de Nanette
et à lui essayer une robe qu'elle avait faite
elle-même en deux jours ; elle trouvait si joli
d'avoir à commander à quelqu'un, d'envoyer

Nanette faire ses commissions dans la maison, qu'elle s'attachait tous les jours davantage à cette espèce de propriété. Elle aurait bien voulu qu'on fît coucher Nanette dans sa chambre, pour l'avoir entièrement sous sa garde; mais madame de Vésac, qui sentait que cela aurait mille inconvénients que Cécile ne voulait pas prévoir, parce qu'elle désirait que la chose eût lieu, la fit coucher chez sa femme de chambre, d'où il fut convenu qu'elle descendrait tous les matins chez Cécile, pour que celle-ci employât deux heures de la matinée à lui donner des leçons. Cécile prétendit d'abord que c'était bien peu, et que, si on ne lui accordait pas davantage, il serait impossible d'enseigner à Nanette tout ce qu'elle voulait lui enseigner. Sa mère lui conseilla de s'en contenter d'abord, en lui promettant, si elle continuait à le désirer, de lui accorder bientôt plus de temps. Cécile prit l'occasion du jour où elle avait essayé à Nanette sa robe et son bonnet, qui avait paru lui faire grand plaisir; et en lui montrant encore le tabler qu'elle venait de couper pour elle, elle lui dit que pour avoir toutes ces jolies choses il fal-

lait apprendre à lire. Nanette ne savait pas
trop ce que c'était que d'apprendre à lire ; cependant elle avait vu Cécile regarder dans des
livres, et elle se souvenait que c'était dans un
livre qu'on lui avait fait dire *A*. Ce souvenir
ne lui était nullement agréable ; mais comme
elle commençait à s'accoutumer à obéir à Cécile, elle consentit pour cette fois à dire *A*
après elle, puis *B*, puis *C*, puis toutes les let-
tres de l'alphabet. Cécile les lui fit redire de
même trois ou quatre fois, les lui montra dans
les différents caractères ; et enchantée d'avoir
si facilement obtenu la soumission de Nanette,
ce qu'elle avait eu tant de peine à obtenir
d'abord, elle se persuada que le plus grand
pas était fait, et que l'éducation allait marcher de progrès en progrès.

Le même jour elle lui mit les doigts sur le
piano, et Nanette fut d'abord enchantée du son
qu'elle produisait en frappant sur les touches ;
elle trouva moins amusant de faire des gam-
mes et de répéter dix fois avec Cécile, *ut, ré,
mi, fa, sol, la, si, ut*. Cependant elle obéit, et tout
alla comme le voulait Cécile. Ensuite celle-ci
donna à Nanette un dé, des aiguilles et des

ciseaux qu'elle avait achetés pour elle, et lui
mit entre les mains un morceau de toile pour
qu'elle apprît à ourler. Nanette était plus
avancée sur cet article que sur le reste; elle
avait vu travailler sa mère, et avait essayé
elle-même d'en faire autant. Cécile, très-con-
tente de la manière dont elle tenait son aiguille et marquait son ourlet, lui donna des
éloges qui l'encouragèrent, en sorte que l'ourlet fut fait assez vite et assez bien. Enfin, au
bout de deux heures, qui avaient paru un
peu longues à Cécile, elle renvoya Nanette, en
trouvant déjà qu'une éducation était une chose
assez fatigante, mais s'applaudissant du succès de ses soins.

Le lendemain elle reprit ses leçons avec un
nouveau courage, espérant bien avancer encore plus que la veille; mais elle trouva tout
à recommencer. Nanette fut tout aussi embarrassée pour dire *A*, qu'elle l'avait été la première fois. Elle ne reconnut pas une de ces let-
tres qu'elle avait répétées machinalement d'a-
près Cécile, et Cécile, en les lui faisant reprendre l'une après l'autre, eut toutes les peines du
monde à obtenir qu'elle nommât deux ou trois

fois d'elle-même la lettre qu'on venait de lui
nommer l'instant d'auparavant. Au piano,
quand Cécile voulut lui faire commencer la gam-
me en *ut*, elle mit le doigt sur un *sol*, et quand
Cécile lui demanda le nom de la note qu'elle
venait de faire, il lui fut impossible d'en trouver un seul à lui appliquer ; peut-être n'avait-
elle pas compris seulement que les notes eussent des noms, et tout le succès qu'obtint Cécile ce jour-là, ce fut qu'après une demi-
heure d'étude, Nanette nomma au hasard un
fa pour un *la*, ou un *si* pour un *ré*. Cécile se
fâcha beaucoup ; et Nanette, que cela en-
nuyait d'être grondée, se dépêcha tellement
de faire son ourlet pour se débarrasser de Cécile, que lorsque celle-ci voulut le regarder,
elle y trouva six points l'un sur l'autre, et un
point de près d'un demi-pouce de long.

Les jours suivants ne furent pas beaucoup
plus heureux ; Nanette oubliait à peu près
chaque jour le peu qu'elle avait paru savoir la
veille. Comme jusque-là on ne lui avait rien
fait apprendre, elle n'avait pas l'habitude de
s'appliquer ni de fixer son esprit sur des choses dont elle ne comprenait pas tout de suite

l'utilité ; car on ne pouvait dire qu'elle man-
quât de raison et d'intelligence pour son âge :
elle n'était pas maladroite ; et ce qui était à
sa portée, elle le faisait d'une manière assez
réfléchie : ainsi, quand elle portait un flam-
beau, elle ne le portait pas, comme il arrive aux
enfants de son âge, tout penché de manière
que la chandelle coulât à terre ; elle avait
même soin de moucher la chandelle, de peur
des flammèches, avant de la transporter d'un
lieu dans un autre, et la mouchait sans l'é-
teindre. Si elle avait à passer quelque chose
d'un peu lourd d'une chambre dans une
autre, elle ouvrait d'abord la porte, et
rangeait ce qui se trouvait sur son passage ; et si, tenant dans ses mains une
jatte d'eau, il lui arrivait d'accrocher sa robe
à une table, elle ne s'avisait pas, comme l'auraient fait beaucoup d'autres enfants, de donner une grande secousse capable de faire
jaillir l'eau à terre, mais elle posait doucement la jatte pour se décrocher. On voyait
qu'elle était accoutumée à agir et à chercher
les moyens d'agir de la manière la plus utile
Aussi rendait-elle mille petits services à ma-

demoiselle Gérard, la femme de chambre de
madame de Vésac, qui l'aimait à la folie, et
qui, l'ayant toute la journée près d'elle, parvenait, sans la tourmenter, à lui apprendre
beaucoup de choses qu'avec elle Nanette ap-
prenait de bon cœur.

Quant aux leçons avec Cécile, elles allaient
tous les jours plus mal ; l'écolière ne savait
pas étudier, et la maîtresse ne savait pas enseigner : Cécile manquait souvent de patience, et Nanette, qui ne la voyait que pour
être grondée et s'ennuyer, n'ayant que fort
peu d'envie de lui faire plaisir, manquait de
bonne volonté : d'ailleurs, au bout de quelques instants d'une leçon à laquelle elle ne
prenait aucun intérêt, l'ennui brouillait toutes
ses idées, et elle ne savait plus ce qu'elle disait ; en sorte qu'après avoir bien dit ses let-
tres et passablement épelé avec la femme de
chambre, qui la faisait étudier pour que Cécile ne la grondât pas, elle lisait tout de travers avec Cécile, qui n'en était que plus cho-
quée de ce que Nanette ne lisait bien qu'avec
mademoiselle Gérard.

Grâce à mademoiselle Gérard cependant,

Nanette faisait quelques progrès pour la lecture et les ouvrages d'aiguille ; mais pour la
musique, elle était au bout de six semaines
aussi avancée que le premier jour ; et Cécile,
qui s'était imaginé faire de Nanette une per|
sonne propre à briller dans le monde, se dégoûtait absolument de lui donner des soins
qui ne pouvaient aboutir qu'à en faire tout au
plus une marchande ou une femme de chambre. Les leçons ne se passaient plus qu'en im-
patiences qui empêchaient Cécile de chercher les moyens de se faire comprendre, et qui
achevaient de troubler Nanette. Ces deux
heures si inutilement employées devenaient
également désagréables à la maîtresse et à
l'écolière, et toutes deux étaient également
enchantées quand quelque chose les abré-
geait : aussi Cécile les abrégeait-elle souvent.
Il lui arriva, une fois qu'elle était pressée, de
dépêcher toutes les leçons en une demi-heure ;
et quand cela fut arrivé une fois, cela arriva
d'autres fois ensuite. Il arriva aussi qu'elle faisait dire ses leçons sans l'écouter, qu'elle la
mettait devant le piano, et lui disait de jouer,
tandis qu'elle allait et venait dans la chambre

et dans l'appartement; en sorte que pendant
ce temps-là Nanette barbouillait à son aise
toutes les notes qui lui plaisaient. Quelquefois enfin, quand Cécile était occupée à son
dessin ou de quelque autre chose qui l'amusait, elle disait à Nanette de prendre son livre
ou son ouvrage, et puis n'y pensait plus. Nanette restait là à regarder par la fenêtre ou à
prendre des mouches; et au bout d'une heure
et demie, Cécile, qui s'en apercevait, la grou-
dait d'être restée tout ce temps-là sans rien
faire, et la renvoyait en lui disant qu'elle n'a-
vait plus le temps de lui donner ses leçons.

Tout cela se passait dans la chambre de
Cécile, qui était auprès de celle de sa mère.
Madame de Vésac ne dit rien pendant quelque
temps; elle n'avait jamais compté que Cécile
mît de la suite à ses projets d'éducation, et
elle se fiait beaucoup plus sur mademoiselle
Gérard, qui était une personne honnête et raisonnable, et qu'elle savait capable d'élever
Nanette selon son état. Cependant elle ne voulait pas que sa fille s'accoutumât à faire négligemment ce qu'elle faisait; et à se croire
quitte des devoirs de sa journée, quand elle

avait fait semblant de les remplir. Cécile elle-
même sentait bien que les choses n'étaient
pas comme elles devaient être ; aussi, après
s'être plaint quelque temps à sa mère des
peines que lui donnait Nanette, elle ne lui en
parlait plus. Enfin un jour que madame de
Vésac avait entendu celle-ci pendant une
demi-heure taper à sa fantaisie sur le piano
sans que Cécile y fît attention, elle demanda à
sa fille si c'était en donnant à Nanette ses leçons de cette manière qu'elle espérait en faire
une grande musicienne. Cécile rougit, parce
qu'elle sentait bien qu'elle avait tort ; mais
elle dit à sa mère que Nanette n'avait pas la
moindre disposition pour la musique. Madame
de Vésac observa qu'à la manière dont Cécile
s'y était prise pour la lui enseigner, il était
impossible de savoir si elle avait ou non des
dispositions.

— Maman, dit Cécile, je vous assure qu'elle
n'a pas du tout de dispositions, et que c'est là
ce qui m'a dégoûtée.

— Mais je ne crois pas qu'elle ait moins de
dispositions pour apprendre à lire et à travailler que n'en ont les autres enfants de son

âge, et je ne vois pourtant pas que tu mettes plus de zèle à ces autres parties de son éducation.

— Oh ! je tenais surtout à la musique : mademoiselle Gérard peut aussi bien que moi lui apprendre le reste.

— Ainsi donc, tu as pris Nanette pour la faire élever par mademoiselle Gérard ?

— Non, maman, mais je croyais que Nanette pourrait apprendre ce que je voulais lui montrer.

— Et parce qu'elle n'apprend pas ce que tu voulais lui montrer, tu crois qu'il ne vaut pas la peine de lui enseigner ce qu'elle pourrait apprendre, de faire au moins pour elle tout ce qui est en ton pouvoir ?

— Mais, maman, il est toujours, je crois, bien heureux pour Nanette que nous l'ayons prise, et certainement je ne cesserai jamais d'en avoir soin ; mais vous conviendrez qu'il n'y a pas grand plaisir à montrer à lire et à coudre à une petite fille, quand on voit qu'elle ne peut apprendre que cela.

— Pour en convenir, il faudrait que je susse bien précisément quelle espèce de plaisir tu as voulu te procurer en te chargeant de Nanette.

— Le plaisir de lui être utile en lui donnant
une très-bonne éducation.

— Et supposé qu'elle ne fût pas capable de
profiter de ce que tu regardes comme une
très-bonne éducation, tu ne te soucierais pas
de lui être utile en lui donnant du moins toute
l'éducation qu'elle serait capable de recevoir.

— Ce qu'il y a de sûr au moins, c'est que
cela ne me ferait pas tant de plaisir.

— Et pour continuer une bonne action que
tu auras commencée, il faudra donc que tu y
trouves beaucoup de plaisir ?

— Non pas, maman, mais...

— Mais, mon enfant, il y a beaucoup de
gens comme cela, qui commencent une bonne
action avec transport, et l'abandonnent ensuite, parce qu'elle n'a pas un succès aussi
complet qu'ils l'avaient imaginé.

— Vous verrez, maman, dit Cécile piquée,
que c'était pour mon avantage que je voulais
donner des leçons à Nanette.

— Je pense bien que c'était pour le sien, et
que tu avais bien réfléchi sur l'avantage
qu'elle en devait tirer.

— Assurément, maman, il est bien agréable pour une pauvre petite paysanne qui aurait été toute sa vie ignorante, grossière et sans éducation, qu'on en fasse une personne bien elevée, qui a des talents, qui peut être aimable comme une personne du monde.

— Je te dis, moi, reprit sérieusement sa mère, qu'il n'est pas permis de s'amuser avec de pareils enfantillages, quand il s'agit de régler la destinée d'une personne dont on est chargé, et que si tu avais donné à Nanette une éducation capable de lui faire dédaigner l'humble carrière à laquelle elle est sans doute réservée, tu lui aurais rendu un mauvais service.

— Ainsi donc, maman, vous n'étiez pas d'avis que je donnasse des leçons à Nanette?

— Pas du tout; mais j'étais bien tranquille.

— Aussi, dit Cécile en rougissant, ici je suis toujours dérangée, et puis ces deux heures de leçons tout de suite, cela ne vaut rien. Mais nous allons partir dans un mois pour la campagne; là, si vous le permettez, elle sera plus souvent avec moi, et je trouverai bien moyen de lui donner l'éducation qui lui convient.

—A la bonne heure, dit en souriant ma dame de Vésac, qui ne comptait pas beaucoup plus sur la constance de sa fille à la campagne qu'à Paris. Cécile ne vit pas ce sourire ; et tout occupée de ce qu'elle voulait faire dans la suite pour l'éducation de Nanette, elle commença par l'interrompre pour le moment, comme si le bien qu'on doit faire un jour dispensait de celui qu'on peut faire sur-le-champ. Elle annonça à Nanette qu'elle ne lui donnerait plus de leçons jusqu'à ce qu'elles fussent à la campagne. Nanette, à qui un mois paraissait la vie entière, se crut pour toujours débarrassée des leçons de Cécile ; Cécile, dont le mois fut occupé par des emplettes, des paquets à faire et des visites de ses amies qui venaient lui dire adieu, se désaccoutuma tout-à-fait de penser à Nanette, et cette habitude lui parut ensuite si peu agréable à reprendre, qu'elle était depuis huit jours arrivée à la campagne, quand sa mère lui dit :

— Et Nanette ?

—Nous allons reprendre nos leçons, lui répondit Cécile un peu confuse de ne les avoir pas recommencées plus tôt ; mais vous savez bien, ajouta-t-elle, qu'en arrivant on a toujours mille choses à faire, à arranger ; d'ailleurs, je crois que Nanette n'est pas bien pressée.

— Ni toi non plus, n'est-ce pas ?

— Il est sûr que cela ne m'amuse pas beaucoup.

— Mais cela ne t'amusera pas plus demain qu'aujourd'hui ; alors je ne vois pas que tu aies, pour commencer, plus de raisons demain que tu n'en as eu tous ces jours-ci.

— Vous savez bien pourtant, maman, que les choses sont toujours plus pressées à mesure que le temps avance, parce qu'il en reste moins pour les faire.

— Mon enfant, on n'a jamais assez de temps devant soi pour faire les choses qui doivent être faites ; car ce temps-là, on n'est jamais sûr de l'avoir ; mille circonstances peuvent nous l'ôter, ainsi il faut toujours être pressé de faire ce qu'on doit faire, comme si l'on n'avait devant soi que le temps juste.

Dans l'incertitude où l'on est toujours de l'avenir, les huit jours que tu as perdus pour l'éducation de Nanette étaient aussi nécessaires a y employer que les huit jours qui vont suivre.

Cécile ne répondit rien, et se remit à dessiner. Madame de Vésac reprit son livre. Au bout d'une demi-heure, Cécile s'interrompit avec un grand soupir, en disant :

— J'ai bien peur de ne pas réussir.

— A quoi? lui demanda sa mère.

— A ce que nous disions tout-à-l'heure, reprit Cécile embarrassée, et qui aurait voulu qu'on l'entendît sans qu'elle s'expliquât, à l'éducation de Nanette.

— Pourquoi n'y réussirais-tu pas, si tu le veux? répondit madame de Vésac en continuant sa lecture.

— Je ne peux parvenir à la faire bien étudier.

— Je ne vois pas de raison pour que tu ne puisses pas ce que pourrait un autre.

Et la conversation retomba de nouveau, au grand déplaisir de Cécile, qui avait une idée qu'elle aurait bien voulu, mais qu'elle n'osait pas trop exprimer. Enfin, au bout d'un quart d'heure de silence, elle reprit la parole.

— Il y aurait un moyen simple, dit-elle.

— Pourquoi faire ? demanda madame de Vésac toujours sans interrompre sa lecture.

— Pour élever Nanette, dit Cécile impatientée.

— Ce moyen, c'est, je crois, de lui donner des leçons.

— Maman, je vous assure que c'est très-difficile, extrêmement difficile. Si vous me permettiez de l'envoyer à l'école du village, elle apprendrait à lire, on commencerait à lui enseigner à écrire ; vous savez bien que moi je ne peux pas lui apprendre à écrire, et quand nous retournerions à Paris, elle serait assez avancée pour que je puisse la continuer.

— Cécile, dit madame de Vésac, s'il ne s'agissait que de toi, je n'y consentirais pas ; car il faut que tu t'accoutumes à continuer ce que tu as commencé, et à savoir supporter les conséquences des choses que tu as voulues ; mais Nanette en pâtirait, parce que, comme tu n'es ni assez raisonnable ni assez patiente pour t'y prendre comme il faut, tu la gronde-

rais de mal apprendre ce que tu lui enseigne-
rais mal, et ainsi elle serait mal élevée et malheureuse. Tu peux donc la faire aller à l'é-
cole.

Cécile, enchantée de la permission, courut
bien vite prier mademoiselle Gérard de pré-
venir le maître d'école, et de convenir avec
lui de la pension de Nanette. Mademoiselle
Gérard, contrariée de se voir privée de Nanette quelques heures de la matinée, et pré-
voyant bien que cet arrangement déplairait à
sa petite élève, prétendit que cela n'était pas
bien nécessaire, et voulut y trouver des inconvénients ; mais Cécile s'impatienta dès le
premier mot, comme on fait toujours quand
on n'est pas sûr d'avoir raison, et dit que madame de Vésac le voulait : la chose fut donc
arrangée, et Nanette envoyée à l'école. Pendant les premiers temps, Cécile s'intéressa à
ses progrès, et paya la pension de bon cœur.
Le jour de sa fête, où Nanette lui récita un
compliment qu'avait composé le maître d'é-
cole, et où elle l'appelait son *illustre bienfai-
trice,* Cécile lui donna une robe neuve que
mademoiselle Gérard se chargea de lui faire.

Mais ensuite Cécile eut d'autres fantaisies, et
le premier du mois elle se trouva contrariée
d'avoir à payer cette pension ; mademoiselle
Gérard eut plusieurs fois à lui répéter que
Nanette avait besoin de souliers, que Nanette
usait et grandissait, et que le peu qu'elle lui
avait fait de chemises, de bonnets, de jupons
dans les premiers moments, ne pouvait lui
suffire. Plusieurs fois madame de Vésac con-
tribua à l'entretien de Nanette, et Cécile fut
un peu honteuse un jour de lui voir un tablier
fait d'une vieille robe de mademoiselle Gérard. Mais ensuite elle en prit son parti, et
s'accoutuma à ne plus voir dans Nanette que
la protégée de mademoiselle Gérard. Elle
n'y songeait plus que lorsqu'elle la ren-
contrait, et elles devinrent presque entièrement étrangères l'une à l'autre.

Lorsqu'il fallut repartir pour Paris, mademoiselle Gérard, dont la santé s'était fort dérangée depuis quelque temps, se trouva hors
d'état de faire le voyage ; en sorte que madame de Vésac résolut de la laisser à la campagne jusqu'à ce qu'elle fût rétablie. Mademoiselle Gérard, accoutumée à Nanette, et

ne pouvant supporter l'idée de s'en séparer, demanda à la garder. Cécile, comme on le pense bien, appuya la demande, et madame de Vésac, qui dans ce moment se trouvait sans femme de chambre, et pour qui Nanette ne pouvait être qu'un embarras de plus, pensa qu'il était raisonnable de la laisser à mademoiselle Gérard, à qui elle était utile.

Voilà donc Cécile pour le moment débarrassée de Nanette, et bien résolue de n'y plus penser que le moins qu'elle pourrait, parce que, comme elle sentait bien qu'elle n'avait pas fait à cet égard tout ce qu'elle pouvait faire, c'était une pensée qui l'importunait. Cependant tous les mois arrivait le mémoire de mademoiselle Gérard pour la pension de Nanette à l'école, et les petites dépenses qu'il avait été nécessaire de faire pour elle; puis venaient les demandes de souliers, de linge, etc. Quoique mademoiselle Gérard fût à cet égard fort économe, et qu'elle entretînt même un peu Nanette sur sa propre garde-robe, Cécile trouvait cela bien cher à prendre sur sa pension. Madame de Vésac, sans le lui dire, se chargeait bien de quelques dépenses; mais elle ne voulait pas se charger de tout, parce qu'elle ne trouvait pas raisonnable que sa fille crût pouvoir se débarrasser ainsi sur elle d'une chose qu'elle avait entreprise ; et elle tenait même la main à ce que Cécile ne négligeât pas les demandes de mademoiselle Gérard. Mais il arriva que monsieur de Vésac fut blessé à l'armée, et, sans l'être dangereusement, de manière à ne pouvoir être transporté. Madame de Vésac, obligée de partir pour l'aller soigner, et ne voulant pas mener sa fille avec elle, laissa Cécile chez une de ses tantes qui avait deux filles, avec lesquelles Cécile fut enchantée de penser qu'elle allait passer quelque temps de suite.

Elle y était depuis environ trois jours lorsqu'elle reçut une lettre de mademoiselle Gérard. Cette lettre ne pouvait venir plus mal à propos ; Cécile avait la fantaisie d'acheter un chapeau pareil à celui que venaient d'acheter ses cousines ; et pensant que mademoiselle Gérard lui demandait de l'argent :

— Ah! dit-elle avec humeur lorsqu'elle eut reconnu le timbre et l'écriture, j'étais bien sûre que cela ne me manquerait pas ; mademoisolle Gérard a toujours soin de m'écrire quand j'ai envie de faire quelque dépense pour mon plaisir.

Et elle jeta la lettre sur la cheminée sans l'ouvrir, puis se remit à son dessin en disant : « Je la lirai toujours assez tôt. »

— Il vaut bien mieux t'épargner tout-à-fait la peine de la lire, dit la plus jeune de ses cousines, qui était fort étourdie ; et en disant cela, elle prit la lettre et la jeta au beau milieu du feu. Cécile fit un cri, et se leva précipitamment pour ravoir sa lettre ; mais avant qu'elle eût dérangé sa table, qu'elle fût arrivée à la cheminée, et qu'elle eût pris les pincettes, malgré sa cousine qui, riant de toutes ses forces, voulait l'en empêcher, la lettre était à moitié en flammes : quand Cécile en la retirant voulut la prendre, la flamme qui gagnait lui brûla les doigts ; elle la laissa tomber, elle tâcha inutilement de l'éteindre avec les pincettes : alors sa cousine, toujours en riant, prit un grand verre d'eau et le jeta sur la lettre, qui alors cessa de brûler ; mais le peu qui en restait, tout noirci par la flamme et tout imprégné d'eau, se trouva tellement indéchif-

frable qu'il fallut renoncer à le lire. Cécile
gronda sa cousine, en disant que cela l'obli-
gerait d'écrire à mademoiselle Gérard pour savoir le contenu de sa lettre ; mais en attendant elle acheta son chapeau, et comme après
l'avoir acheté elle se trouvait sans argent, et
n'était pas pressée par conséquent de savoir
ce que lui mandait mademoiselle Gérard, elle
remit toujours, pendant huit à dix jours, à lui
écrire, ensuite elle l'oublia pendant près de
quinze ; enfin, au bout de trois semaines elle
n'avait pas encore écrit. Elle ne se doutait
guère de ce qui se passait au château.

Depuis qu'elle en était partie, la santé de
mademoiselle Gérard avait toujours été en
empirant, ce qui avait rendu son état triste
pour tous excepté pour Nanette, qu'elle aimait de tout son cœur, et qui la servait avec
zèle et intelligence. La seule personne demeurée dans le château avec mademoiselle
Gérard était le concierge, nommé Dubois,
vieux domestique bourru et grognon, quoiqu'assez bon homme au fond. Mademoiselle
Gérard, comme les autres domestiques, avait
eu plusieurs fois des querelles avec lui ; mais

ces querelles avaient fini promptement, parce
qu'elle était raisonnable : lorsque la maladie
commença à aigrir son humeur, elles devinrent plus vives et plus fréquentes. C'était Dubois qui était chargé de fournir à mademoiselle Gérard les choses dont elle aurait besoin,
et en allant faire ses provisions à la ville, de
faire aussi celles de mademoiselle Gérard. Mademoiselle Gérard était souvent mécontente
de ce qu'il lui apportait ; et, d'un autre côté,
quand elle demandait quelque chose, il disait
que c'était trop cher, et que Madame ne voulait pas qu'on fît tant de dépense. Alors mademoiselle Gérard pleurait et disait qu'elle
était bien malheureuse d'être abandonnée à
un homme comme celui-là, et qu'il la ferait
mourir. Elle l'avait mandé plusieurs fois à
madame de Vésac, qui, sachant que ses idées
étaient déraisonnables, avait tâché de la calmer et de l'engager à prendre patience jusqu'à son retour : en même temps elle avait
mandé à Dubois de ne pas contrarier mademoiselle Gérard, parce qu'elle était malade.
Les jours où Dubois recevait ces recomman-
dations, il avait encore plus d'humeur qu'à

l'ordinaire, parce qu'il disait que mademoiselle Gérard l'avait fait gronder par Madame.
Enfin la brouillerie en vint à tel point, que
Dubois ne voulut plus mettre le pied chez mademoiselle Gérard, qui, de son côté, promit
qu'elle n'adresserait plus de sa vie la parole à
Dubois, en sorte qu'elle envoyait chercher par
Nanette les choses dont elle avait besoin. La
pauvre Nanette était souvent fort embarrassée,
parce que mademoiselle Gérard, toujours mécontente de ce que Dubois lui envoyait, ne
manquait pas de se désoler chaque fois que
Nanette lui rapportait ou la viande que Dubois avait achetée à la ville, ou les légumes et
les fruits qu'il avait fait cueillir dans le jar-
din. Elle disait qu'il choisissait ce qu'il y
avait de plus mauvais pour elle, qu'il voulait
la faire mourir ; et telle était sa faiblesse qu'a-
lors elle se mettait quelquefois à pleurer. Nanette, qui l'aimait beaucoup, était toute trou-
blée de la voir s'affliger ainsi, et restait debout devant elle à la regarder sans rien dire.
Alors mademoiselle Gérard l'embrassait en lui
disant : « Si je mourais, qui est-ce qui prendrait soin de toi ? » car, dans sa faiblesse, il

lui semblait qu'il n'y avait qu'elle au monde
qui s'intéressât à Nanette. Nanette lui rendait
ses caresses, la consolant à sa manière, en lui
disant qu'elle ne mourrait pas. Elle ne conce-
vait guère ses chagrins ; mais elle aurait
donné beaucoup de choses pour la voir contente. Cependant, quand mademoiselle Gérard
voulait l'envoyer à Dubois pour se plaindre de
ce qu'il lui avait donné, Nanette lui disait
qu'elle n'osait pas, parce qu'en effet Dubois,
qui s'était mis deux ou trois fois en colère
contre elle, lui faisait une peur terrible ; alors
elle redisait à mademoiselle Gérard, pour la
dixième fois, ce que Dubois lui avait dit le
jour où elle lui avait rapporté des poires mol-
les pour en avoir d'autres. Elle lui racontait
comme quoi le jour où elle avait été lui dire
que les cardes poirées n'étaient pas bonnes,
il s'était mis si fort en colère, en lui disant que
les domestiques étaient plus difficiles que les
maîtres, il avait donné un si grand coup de
pied contre la porte de son armoire pour la
fermer, il avait jeté si fort de l'autre côté de
la chambre une carotte qu'il tenait à la
main, qu'elle s'était sauvée de peur qu'il ne

la battît. Elle lui disait aussi tout ce que Dubois avait dit de mademoiselle Gérard, qu'il ne vivrait pas tranquille tant qu'elle serait dans la maison, et qu'il donnerait bien cent francs de sa poche pour qu'elle fût si loin, si loin, qu'il n'en entendît jamais parler. Alors mademoiselle Gérard s'effrayait de la haine de Dubois, ne pouvait plus supporter l'idée de se trouver seule avec lui dans le château, disait qu'elle était perdue si Madame n'arrivait pas bientôt; et si dans ce moment elle entendait Dubois passer auprès de sa chambre, elle courait fermer ses verrous et barricader sa porte, comme s'il eût voulu l'assassiner. C'était dans les moments de fièvre que ces idées lui prenaient, et surtout le soir, parce que Dubois logeait à côté de sa chambre. La seule pensée de passer la nuit si près de lui la mettait dans un état affreux. Nanette, sans savoir pourquoi, partageait ses terreurs, et, dès que le jour commençait à baisser, elle courait fermer les verroux. Le jour elles étaient plus calmes, et Nanette même s'amusait à jouer des tours à Dubois.

Il serrait les fruits et les autres provisions

dans une chambre basse dont une fenêtre donnait sur la grande cour du château et une autre sur des basses-cours. Quand il faisait beau, Dubois, le matin, ouvrait la fenêtre donnant sur la grande cour, allait faire sa ronde dans le potager et la basse-cour, puis venait refermer la fenêtre. Plusieurs fois Nanette avait épié le moment où Dubois n'y était pas pour grimper sur la fenêtre, entrer dans la chambre, y apporter les pommes qu'il avait envoyées à mademoiselle Gérard, et dont elle n'était pas contente, et en prendre de plus belles à la place. Elle avait soin, pendant qu'elle était dans la chambre, de regarder par la fenêtre de la basse-cour si Dubois ne rentrait pas, et, dès qu'elle l'apercevait de loin elle se sauvait. Mademoiselle Gérard, la première fois, l'avait grondée doucement d'avoir passé par la fenêtre; mais, quelques jours après, comme depuis qu'elle était malade elle n'avait plus la force d'être raisonnable sur rien, désolée de ce que Dubois lui avait donné encore des pommes mauvaises, elle dit à Nanette : « Ne pourrais-tu pas m'avoir d'autres pommes? » Nanette, que cela

avait fort divertie la première fois, ne demandait pas mieux. Elle épia le moment de la sortie de Dubois, grimpa par la fenêtre, et exé-
cuta son entreprise le plus heureusement du
monde. Elle raconta ensuite à mademoiselle
Gérard comment elle avait vu de loin revenir
Dubois ; elle contrefit sa démarche, son air
grognon : cela divertit mademoiselle Gérard,
pour qui les espiègleries de Nanette devinrent
un sujet d'amusement. Nanette, qui ne prenait jamais rien pour elle, et ne faisait même
pour mademoiselle Gérard que des échanges,
n'en avait pas le moindre scrupule ; et mademoiselle Gérard, devenue trop faible de toute
manière pour être capable de faire beaucoup
de réflexions, ne songeait pas qu'elle faisait
prendre à Nanette une mauvaise habitude, et
l'exposait à des soupçons.

Un jour qu'elle avait fait demander à Dubois des raisins secs, elle prétendit, comme à
son ordinaire, qu'il avait choisi pour les lui
donner des grains gâtés ; et comme les enfants voient toujours ce qu'ils s'imaginent
voir, Nanette assura qu'en effet elle l'avait vu
choisir, et elle offrit à sa bonne amie (c'était

ainsi qu'elle appelait mademoiselle Gérard)
d'en aller chercher d'autres dans l'armoire où
elle savait que les serrait Dubois. Mademoiselle Gérard y consentit ; et Nanette aux
aguets, après avoir vu Dubois ouvrir la fenêtre et s'en aller, partit pour son expédition.
Elle entra par la fenêtre, trouva la clef à l'armoire, et se mit à faire son choix. Elle en était
si occupée qu'elle ne songea pas que le bat-
tant de l'armoire lui cachait la fenêtre de la
basse-cour, et par conséquent elle ne pouvait
regarder du coin de l'œil, comme elle le faisait ordinairement, si Dubois n'arrivait pas.
Elle quitta bien deux ou trois fois son ouvrage
pour aller regarder, mais non pas au moment
où il le fallait ; en sorte que Dubois passa sans
qu'elle l'aperçût, et qu'elle se croyait encore
parfaitement en sûreté, lorsqu'elle entendit
une voix de tonnerre qui lui criait : « Ah ! petite voleuse, je vous y prends donc ! » et elle
vit devant la fenêtre le terrible Dubois, qui
lui fermait le chemin de la sortie. Pour le
coup, Nanette se crut morte ; mais heureusement pour elle que Dubois était trop gros et
trop lourd pour monter par la fenêtre : il

restait là soulement à l'accabler de malédic-
tions. Nanette, pâle, tremblante, le cœur
serré par la frayeur, ne disait pas une parole,
ne faisait pas un mouvement. Mais au moment où Dubois, voulant entrer, va à la porte
pour l'ouvrir, Nanette, qui avait épié l'instant, court à la fenêtre, saute et se met à courir autour de la cour pour éviter Dubois, qui,
une baguette à la main, la poursuit le plus
vite qu'il peut, en criant après elle, et en
allongeant sa baguette pour l'atteindre. Mademoiselle Gérard l'entend, ouvre sa fenêtre,
et voyant le danger de sa chère Nanette, elle
perd la tête, et se met à crier : « Au secours !
à l'assassin ! » Dubois, furieux, lève les yeux,
et, ne sachant pas plus qu'elle ce qu'il fait, la
menace elle-même de sa baguette, puis il se
remet à poursuivre Nanette qui a gagné l'es-
calier ; il monte après elle et arrive au moment où mademoiselle Gérard et elle tâchent
de fermer la porte ; il la pousse et entre de
force, en renversant presque par terre mademoiselle Gérard, qui alors se met devant Nanette, comme pour empêcher qu'il ne la tou-
che. Encore plus outré de cette action, qui

suppose qu'il veut faire du mal à cette enfant,
et, plus méchant en paroles qu'en actions,
Dubois s'arrête suffoqué à la fois par la colère et par la course qu'il vient de faire, et ne
reprend la respiration que pour débiter tout
ce que lui suggère sa passion, et contre Nanette qu'il traite de *coquine*, et contre mademoiselle Gérard qu'il accuse de l'accoutumer
à voler et à *espionner* dans la maison. Mademoiselle Gérard, tremblante à la fois de peur
et d'indignation, lui répond que Nanette ne
vole point ; qu'elle tâche de lui procurer quelque chose d'un peu meilleur que ce que lui
envoie Dubois pour l'*empoisonner* ; qu'elle
était bien malheureuse d'être abandonnée à
un *monstre* comme lui ; mais qu'enfin Madame
va arriver, qui lui fera justice de tout cela.

—Ah ! oui, dit Dubois, comptez sur le retour de Madame : avant qu'elle revienne, à
présent, vous aurez le temps, vous, de partir
pour l'autre monde !

Après cette brutalité, qui satisfait sa colère,
Dubois s'en va. Mademoiselle Gérard est
tombée presque sans connaissance, et le chirurgien qui la soigne lui trouve, en arrivant,

la fièvre très-fort. Il venait d'apprendre aussi
la nouvelle de la blessure de monsieur de Vésac et du départ de sa femme ; il en instruit
mademoiselle Gérard, à qui cela explique les
paroles de Dubois, et que l'idée de demeurer
encore six mois, peut-être, seule au château
avec Dubois, remplit d'une terreur et d'une
agitation qu'il est impossible de calmer. Comme en ce moment la fièvre lui trouble encore
l'imagination, elle dit qu'il tuera Nanette ; et
comme Nanette déclare qu'elle n'osera plus
aller rien demander, mademoiselle Gérard
croit qu'elle va mourir de faim et faute de secours. Elle veut partir pour aller chez son
frère, qui est marchand, et marié dans la ville
voisine. C'est inutilement que le chirurgien,
qui la trouve trop malade pour être transportée sans danger, tâche de s'opposer à cette
fantaisie. L'agitation et la fièvre de mademoiselle Gérard augmentent à tel point quand on
la contrarie, qu'il voit bien qu'il faut céder. Il
en voie chercher à la ferme une charrette attelée d'un cheval ; il y établit mademoiselle
Gérard le moins mal qu'il peut, avec tous ses
effets et Nanette ; elle part pour la ville, où
elle arrive presque mourante.

Elle fut plusieurs jours dans cet état; ensuite elle se trouva un peu mieux, mais si
faible qu'elle commença à penser qu'il n'y
avait plus pour elle d'espérance de se rétablir.
Alors, voulant disposer du peu qu'elle possé-
dait, elle fit venir un notaire. Tout son bien
consistait dans une somme de mille écus,
fruit de ses économies, qu'elle n'avait pas
voulu placer de peur qu'on ne la trompât,
parce qu'elle était assez méfiante ; elle la portait toujours avec elle. Elle légua deux mille
quatre cents livres à son frère, et six cents livres à Nanette, avec quelques effets. Ensuite
comme son chirurgien lui avait dit qu'il
croyait que Cécile était restée à Paris, elle
lui écrivait pour l'instruire de l'état où elle se
trouvait, en la priant d'en informer madame
de Vésac, et de lui demander, en cas que Dieu
disposât d'elle, ce qu'il fallait faire de Nanette. Ce fut cette lettre que brûla la cousine
de Cécile. Mademoiselle Gérard, ne recevant
point de réponse, s'imagina que Cécile n'était
point à Paris; et, se sentant plus mal, elle fit
écrire à madame de Vésac, par un prêtre qui
la visitait, une longue lettre, où elle lui re-

commandait Nanette, et où, sans se plaindre
de Dubois, à qui le prêtre l'avait engagée à
pardonner, elle avait soin d'expliquer à madame de Vésac que Nanette n'était pas une
voleuse comme Dubois l'en avait accusée.

Elle mourut peu de temps après avoir fait
écrire cette lettre, et la pauvre Nanette se
trouva absolument sans appui. Le frère et la
belle-sœur de mademoiselle Gérard étaient des
gens intéressés qui avaient été assez fâchés
de voir son affection pour Nanette, parce
qu'ils avaient peur qu'elle ne lui laissât ce
qu'elle avait. Ils croyaient qu'elle avait dû
amasser beaucoup d'argent, et le crurent
bien davantage encore quand, le lendemain
de sa mort, ils trouvèrent dans sa chambre les
mille écus. Comme ils savaient qu'elle avait
fait un testament, le mari alla chez le notaire,
très-empressé de savoir ce qu'il pouvait contenir; et lorsque le notaire l'eut ouvert devant
lui, il fut bien étonné et fort mécontent d'apprendre qu'au lieu d'avoir un legs considérable comme il l'avait espéré, il était obligé de
rendre à Nanette six cents francs des mille
écus qu'il s'était déjà appropriés. Il revint

chez lui le dire à sa femme, qui encore plus intéressée que lui, fut encore plus en colère. Elle accabla d'injures la pauvre Nanette, qui ne sachant ce que cela voulait dire, demeurait tout effrayée, immobile à la même place. Enfin cette femme, qui, tout en se fâchant, rangeait et balayait sa boutique, se trouva près d'elle, et lui donna un coup de balai comme pour la faire ranger. Elle se sauva, en pleurant, dans un autre coin de la boutique. Le balai, qui allait toujours son train, sembla l'y poursuivre : elle sauta par-dessus et s'enfuit d'un autre côté ; mais il se retrouva encore sur son chemin. L'activité de la marchande sembla croître avec les terreurs de Nanette, et tous ses mouvements étaient accompagnés d'injures et de menaces.

Enfin, ne sachant plus où se fourrer, la pauvre enfant se sauva sur le seuil de la porte ; la marchande la poussa dehors avec son balai, en lui disant :

— Oui, oui, va-t'en ; tu peux être sûre que je ne courrai pas après toi.

Et elle ferma la porte sur elle. Nanette, demeurée dehors, resta quelque temps à pleu-

rer à cette porte : mais ensuite, comme elle
entendit qu'on mettait la main sur la serrure
pour l'ouvrir, elle crut que c'était la marchande qui venait pour la maltraiter, et se
mit à courir de toutes ses forces.

La rue où elle était conduisait à l'entrée de
la ville ; quand elle fut arrivée dans la campagne, elle s'assit sur une pierre, en continuant à pleurer, et en mangeant tristement
le pain de son déjeuner qu'elle tenait à la
main au moment où elle était sortie de la
boutique. Un petit garçon s'approcha d'elle et
lui demanda ce qu'elle avait. Nanette d'abord
ne répondit point : le petit garçon renouvela
sa question ; alors Nanette lui dit qu'elle ne
savait où aller.

— Viens avec moi chez la mère Lapie, dit
le petit garçon.

—Qu'est-ce que c'est que la mère Lapie ?
demanda Nanette.

—C'est la mère Lapie : elle demeure au
village que tu vois là-bas ; mais dans ce mo-
ment-ci elle est à demander sur le chemin.
Viens.

Et le petit garçon voulut la prendre par la main, mais Nanette la retira. Le petit garçon était sale et déguenillé, et Nanette s'était accoutumée à la propreté. D'ailleurs les chagrins qu'elle avait eus la veille, la mort de mademoiselle Gérard, les injures de la marchande, sa fuite de la boutique avaient brouillé toutes ses idées, comme il arrrive presque toujours aux enfants quand il se passe autour d'eux des choses extraordinaires. Alors, comme ils ne savent plus de quelle manière agir, ils n'agissent pas du tout, et restent à la même place sans prendre aucun parti. Nanette demeurait là sur sa pierre, sans savoir ce qu'elle deviendrait, et uniquement parce qu'elle n'avait pas assez d'idées dans le moment pour se déterminer à la quitter. Après plusieurs efforts inutiles, le petit garçon s'en alla, et Nanette resta assise sur sa pierre. Cependant, au bout de quelque temps, en regardant du côté de la ville, elle en vit sortir une femme qu'elle prit pour la marchande, quoique ce ne fût pas elle; cela lui fit peur : alors elle se leva et s'éloigna en suivant toujours le grand chemin.

Elle l'avait suivi pendant une bonne heure sans savoir où elle allait, quand, à un détour qu'elle faisait, elle vit une vieille femme qui était assise au pied d'un arbre et entourée de cinq à six petits enfants de deux à quatre ans. Le petit garçon qui avait parlé à Nanette, et qui pouvait en avoir sept ou huit, était debout auprès d'elle, et lui parlait. Aussitôt qu'il aperçut Nanette, il la montra à la vieille femme, en lui disant : « Tenez, la voilà : c'est elle. » Nanette passa de l'autre côté du chemin ; car tout le monde lui faisait peur : mais la vieille femme se leva et vint à elle. Nanette voulut s'enfuir, mais la vieille femme la prit par la main et lui parla doucement, en lui disant de n'avoir pas peur, qu'elle ne voulait pas lui faire de mal. Elle avait l'air bonne femme. Nanette, en la regardant, se rassura, et lui dit qu'elle venait de la ville, d'où elle s'était enfuie parce qu'on avait voulu la battre.

— C'est votre mère qui a voulu vous battre, dit la mère Lapie ; eh bien ! nous arrangerons cela : venez, nous lui demanderons pardon, et elle ne vous battra pas.

En disant cela, elle paraissait vouloir la ramener du côté de la ville. Nanette, très-ef-
frayée, se mit à crier et à se débattre, en disant que ce n'était pas sa mère et qu'elle ne
voulait pas retourner à la ville.

— Eh bien ! nous n'irons pas, tu viendras
avec nous.

Mais Nanette se débattait toujours pour re-
tirer sa main. La mère Lapie la lâcha, et,
comme elle s'en allait, se contenta de la suivre, en lui parlant toujours

— Qui est-ce qui vous donnera à manger
aujourd'hui? lui demandait-elle; et Nanette
en pleurant répondait :

— Je ne sais pas.

— Où coucherez-vous ce soir? disait la
mère Lapie.

— Je ne sais pas, disait Nanette, toujours
en pleurant.

— Viens avec nous, disait le petit garçon
qui la suivait aussi.

Enfin Nanette se laissa persuader. La mère
Lapie la conduisit au pied de son arbre, lui
donna un morceau de pain noir et une pom-

me, et Nanette, qui commençait à avoir faim,
reprit un peu de courage en mangeant.

La mère Lapie était une vieille femme à
qui les pauvres gens du village donnaient leurs
petits enfants à garder pendant qu'ils travail-
laient aux champs ; elle en avait toujours
quatre ou cinq qu'elle allait chercher le matin et qu'elle ramenait le soir. Le petit garçon qui avait parlé à Nanette, et qui s'appelait
Jeannot, était un enfant qu'elle avait eu en
garde de cette manière ; ses parents étant
morts tandis qu'il était encore tout petit, la
mère Lapie n'avait pas voulu l'abandonner ;
mais comme elle n'avait pas de quoi le nour-
rir, elle l'envoyait demander l'aumône. Elle-
même allait s'asseoir sur le chemin avec les
petits enfants : les parents, ou ne le savaient
pas, ou ne s'en souciaient guère, d'autant
plus que, quand la mère Lapie avait quelque
chose, les enfants en avaient au moins la
moitié.

Jeannot, qui voyait la mère Lapie recevoir
tous les jours des enfants, s'imaginait que
tous ceux qui n'avaient pas d'asile devaient
venir chez elle. C'est pourquoi il avait voulu

y mener Nanette ; et la mère Lapie, rencontrant une petite fille assez proprement vêtue qui courait les champs toute seule sans savoir où aller, se persuada, quoi que lui en eût dit Nanette, qu'elle s'était échappée de chez sa mère, à qui ce serait rendre un grand service que de la lui rendre. Elle comptait, lorsqu'elle aurait pu savoir de Nanette qui étaient ses parents, aller les trouver, et leur promettre de leur rendre leur fille, à condition toutefois qu'ils ne la battraient pas, car la mère Lapie ne pouvait pas souffrir que l'on fît du mal ou même du chagrin aux enfants. En attendant, lorsqu'elle retourna le soir à son village, elle la fit venir avec elle, et lui donna à conduire deux des enfants, ce qui amusa beaucoup Nanette ; mais ce qui l'amusa moins, c'est que le soir la mère Lapie n'eut à lui donner pour souper que du pain noir comme elle en avait eu pour son dîner, et pas de pomme avec. Elle ne se souciait pas trop non plus de coucher avec la mère Lapie, dont le lit était bien dégoûtant ; cependant il le fallut, et Nanette n'en dormit pas moins d'un bon somme. Jeannot coucha à son ordinaire sur de la paille dans un coin de la chaumière.

Dans la nuit la mère Lapie fut prise d'un rhumatisme si terrible qu'elle ne pouvait remuer aucun de ses membres. Alors, comme elle ne pouvait plus aller à la ville, elle dit à Nanette qu'il fallait qu'elle y retournât et rentrât chez sa mère. Nanette recommença à pleurer, en disant que sa mère n'était pas à la ville, que sa bonne amie était morte, et qu'il n'y avait plus que la sœur de sa bonne amie, qui avait voulu la battre ; elle ne parla pas du château, parce qu'elle avait encore plus peur de Dubois que de la marchande. La mère Lapie voulut savoir où était sa mère ; mais Nanette se souvenait à peine du nom de son village. Tout ce qu'elle dit là-dessus fut si embrouillé, et elle pleurait si fort en le disant, que la mère Lapie n'y put rien comprendre et résolut de la laisser tranquille pour le moment. Plusieurs fois pendant les jours suivants elle essaya de renouveler ses questions ; mais ce fut toujours la même chose, et la mère Lapie, trop malade pour avoir la force de beaucoup insister, prit le parti d'attendre qu'elle se portât mieux pour aller prendre elle-même des informations à la ville.

En attendant, Nanette lui rendait mille petits services ; elle était douce, assez attentive, et aimait à faire plaisir. L'habitude qu'elle avait eue de soigner mademoiselle Gérard faisait qu'elle était adroite avec les malades. Elle avait soin aussi des petits enfants qu'on amenait toujours chez la mère Lapie, et allait avec Jeannot les promener sur le chemin. Jeannot faisait ce qu'il pouvait pour l'égayer ; mais Nanette était triste. Elle se souvenait des bons repas que lui faisait faire mademoiselle Gérard, et le pain noir la dégoûtait ; cependant elle n'avait pas autre chose, et même n'en avait pas toujours assez. Il lui arriva une fois de se coucher sans souper ; elle passa une partie de la nuit à pleurer tout doucement pour que la mère Lapie ne l'entendît pas ; car, quand elle la voyait pleurer de ce qu'elle avait faim, elle la grondait de ne pas savoir demander l'aumône comme Jeannot.

On était à la fin de l'hiver ; le printemps était très-pluvieux, et quand il pleuvait, l'eau entrait dans la chaumière de la mère Lapie, qui était un peu au-dessous de la rue, ce qui

la rendait malsaine ; il était d'ailleurs très-
malsain de coucher, comme le faisait Nanette, avec la mère Lapie, qui était malade.
Nanette n'était pas naturellement forte ; la
misère dans laquelle elle avait passé son en-
fance faisait que, lorsque madame de Vésac
l'avait prise avec elle, elle était en assez mauvais état. Les soins de mademoiselle Gérard
l'avaient rétablie, mais pas assez encore pour
qu'elle pût supporter cette même misère dans
laquelle elle venait de retomber, et à laquelle
Jeannot ne résistait que parce qu'il était d'un
tempérament très-fort, très-gai, très-actif,
qui le préservait de l'abattement ; au lieu que
Nanette, douce, tranquille et un peu indo-
lente, succombait facilement au décourage-
ment et à la tristesse, qui augmentent tous
les maux. D'ailleurs Jeannot était aimé des
voisins ; tout le monde le caressait et lui donnait quelque chose ; au contraire, l'arrivée de
Nanette avait déplu : on trouvait fort mauvais que la mère Lapie eût reçu chez elle un
enfant qu'elle ne connaissait pas, et qui ne
faisait, disait-on, qu'une mendiante de plus
dans le village ; en sorte que, quand elle pas-

sait dans les rues, elle entendait souvent les femmes et les petits garçons crier après elle. Le chagrin, la mauvaise nourriture, la malpropreté, le rendirent bientôt malade. La fièvre la prit, et au bout de quelques jours elle fut horriblement changée. La mère Lapie, qui commençait à pouvoir se lever et soigner les enfants, dit que, puisque Nanette ne pouvait pas demander l'aumône, il fallait au moins qu'elle allât avec Jeannot, qui demanderait pour elle, et qu'en la voyant si malade on donnerait davantage. Jeannot, qui était plus éveillé et plus avisé qu'elle, la prit sous le bras, et la pauvre Nanette le laissa faire, elle n'avait plus la force de résister à rien. Quand ils étaient arrivés à un endroit où ils pussent être vus des passants, Nanette s'asseyait sur une pierre ou contre un arbre, et Jeannot demandait pour sa petite sœur malade ; et en effet elle avait l'air si malade et si malheureuse, qu'elle excitait la pitié, et valait à Jeannot quelques aumônes de plus.

Cependant Cécile avait enfin pris son parti d'écrire à mademoiselle Gérard ; mais elle avait adressé sa lettre au château. Dubois, qui

la reçut, fut quelques jours sans avoir occasion de l'envoyer à la ville, et dans l'inter-
valle il apprit que mademoiselle Gérard était
morte. Il fut alors un peu fâché de l'avoir trai-
tée si brutalement la veille de son départ;
mais pour Nanette, quand on lui dit qu'elle
s'était sauvée de chez la marchande, et qu'on
ne savait ce qu'elle était devenue, il ne s'en
inquiéta pas davantage, bien persuadé que
Nanette était un mauvais sujet dont on était
heureux d'être débarrassé. Il manda toutes
ces nouvelles à madame de Vésac; mais monsieur de Vésac étant guéri, et ayant repris
son service, madame de Vésac venait de partir pour retourner à Paris. Elle ne reçut pas
la lettre de Dubois, non plus que celle que lui
avait fait écrire mademoiselle Gérard peu de
ljours avant sa mort, et qui, ayant passé par
Paris, était demeurée assez longtemps en
route. Elle ne s'arrêta que peu de jours à Paris, et repartit avec Cécile pour sa terre, sans
rien savoir de ce qui était arrivé. Elle avait
demandé des nouvelles de mademoiselle Gérard à Cécile, qui, ne pouvant lui en dire,
avait été obligée d'avouer sa négligence; ma-

dame de Vésac l'en avait sévèrement grondée, sans imaginer les malheurs qu'avait pro-
duits cette négligence.

Elles furent quatre jours en route. Le qua-
trième, pendant qu'on changeait de chevaux
à l'avant-dernière poste, Cécile voulut descendre un moment de la voiture. Elle sortit de la
cour de la maison de poste pour aller prendre
l'air sur le chemin. Alors un petit garçon
s'approcha d'elle en lui demandant l'aumône
pour sa petite sœur qui était malade : en disant cela il la lui montrait ; Cécile vit en effet
une petite fille assise par terre, l'air mourant
et la tête appuyée contre une pierre. Elle
dormait en ce moment ; ses vêtements étaient
en lambeaux et si sales qu'ils n'avaient presque plus de couleur. Cécile en la regardant
fut saisie de pitié et frappée de sa ressem-
blance avec Nanette; mais il ne lui vint pas
dans l'idée que ce pût être elle. On l'appelait
dans ce moment; elle donna une pièce de
douze sous au petit garçon, en lui disant que
c'était pour sa sœur, et remonta en voiture,
très-occupée de la pauvre petite fille qu'elle
venait de voir, mais sans oser en parler à sa

mère, parce qu'elle craignait, en lui rappelant
Nanette, de renouveler des reproches qu'elle
sentait bien être mérités. Quelle fut sa cons-
ternation, lorsqu'en arrivant au château elle
apprit la mort de mademoiselle Gérard et la
disparition de Nanette! Pendant que Dubois
racontait ces nouvelles, madame de Vésac
regardait sa fille, et sa fille tantôt la regardait d'un air inquiet, tantôt baissait les yeux.
Aussitôt que Dubois fut sorti, Cécile pâle et
tremblante dit à sa mère, en joignant les
mains d'un air de désespoir :

— Ah! mon Dieu! si c'était cette petite fille
qui avait l'air près de mourir, et que j'ai vue
auprès de la poste!

Sa mère lui demanda sur quel fondement
elle pouvait avoir cette idée; Cécile le lui raconta, et en le lui racontant elle pleurait avec
amertume; car plus elle y pensait, moins il
ui paraissait douteux que ce fût la pauvre
Nanette.

— Je l'ai reconnue, disait-elle, j'en suis
sûre; je me souviens à présent qu'elle avait
la robe bleue que je lui ai donnée; elle était
toute déchirée, on en voyait à peine la cou-

leur, mais c'était la même, j'en suis sûre.
Pauvre petite Nanette !

Et en disant cela ses larmes redoublèrent.
Elle voudrait qu'on allât sur-le-champ à la
poste prendre des informations; mais il est
trop tard, et Cécile craint que quelques heures de plus n'empirent l'état de Nanette au
point qu'on ne puisse plus la sauver. Chaque
instant accroît son agitation. Madame de Vésac donne ordre qu'on aille le lendemain, dès
qu'il fera jour, à la poste, pour savoir si on
connaît la petite fille qui la veille demandait
l'aumône à la porte. Cécile ne dort pas de la
nuit, et le lendemain elle est levée avant le
jour; elle attend qu'on revienne quand on
n'est pas encore parti. On revient, et on ne rap-
porte aucune nouvelle; Nanette n'était venue
que cette fois à la poste, et on ne l'avait pas
remarquée; on ne savait pas ce que cela voulait dire. Cécile espéra qu'elle y reviendrait
ce jour-là; on renvoya dans la journée; Nanette n'était pas revenue : la poste était fort
éloignée du village de la mère Lapie, et dans
l'état de maladie où elle était, cette course l'a-
vait si fort fatiguée, qu'il lui avait été impos-

sible d'y retourner. « Mon Dieu! disait Cécile,
elle est peut-être morte! » Et elle sentait les
plus terribles angoisses du remords; l'agitation où elle était lui donnait presque la fièvre.
On envoya à la ville, et la marchande dit que
Nanette s'était enfuie, et qu'on ne savait pas
ce qu'elle était devenue. Les voisins, à qui on
s'adressa aussi, qui n'aimaient pas la belle-
sœur de mademoiselle Gérard, et qui avaient
entendu parler du testament, dirent que,
pour ne pas payer les six cents francs, elle
était capable d'avoir obligé Nanette, par ses
mauvais traitements, à s'en aller de chez elle,
et que même elle l'avait peut-être chassée.
On ajoutait des suppositions, des *on-dit*. Les
uns assuraient qu'on avait rencontré la nuit,
dans les champs, une petite fille transie de
froid; d'autres disaient qu'on en avait trouvé
une sur le chemin, près de mourir de faim; et
quand on leur en demandait davantage, ils
ne savaient dire ni qui avait vu cette petite
fille, ni ce qu'elle était devenue, car tout cela
c'étaient des faux bruits, comme il en court
toujours sur les événements malheureux;
mais Cécile les croyait, et ils la mettaient au

désespoir. La lettre de mademoiselle Gérard était arrivée, elle contenait la justification de Nanette, que Dubois soutenait toujours être une voleuse ; elle prouvait aussi que, si Cécile avait écrit aussitôt qu'elle eut reçu la première lettre, Nanette ne serait pas perdue. Son chagrin en redoubla. Pour le compléter, il arriva une autre lettre datée du village qu'habitait la mère de Nanette. C'était le curé qui l'écrivait, parce que cette pauvre femme l'en avait prié. Elle disait dans cette lettre qu'elle avait su plusieurs fois que madame de Vésac était passée à la poste, mais qu'elle ne l'avait su qu'après, ce qui l'avait beaucoup chagrinée, parce qu'elle aurait voulu voir sa fille en passant ; mais qu'on l'avait assurée que Nanette n'y était pas, ce qui l'inquiétait beaucoup, et qu'elle priait mademoiselle Cécile (à qui la lettre était adressée) de vouloir bien lui en donner des nouvelles. Le curé finissait en disant : « Dieu vous bénira, ma bonne demoiselle, parce que vous n'abandonnez pas ses pauvres. »

Cette lettre perça le cœur de Cécile ; elle maigrissait de chagrin et d'inquiétude : chaque fois qu'on ouvrait la porte, elle croyait qu'on lui apportait des nouvelles de Nanette, elle avait toujours les yeux tournés du côté de l'avenue, comme si elle eût espéré voir arriver Nanette ; et la nuit elle se réveillait en sursaut au moindre bruit, comme s'il lui eût annoncé le retour de Nanette.

Enfin, sa mère et elle résolurent de faire elles-mêmes des perquisitions dans tous les villages voisins, de parler à tous les curés, craignant bien cependant qu'il ne fût plus temps. Elles se mirent en route une après-dînée ; comme elles approchaient d'un village peu éloigné de la ville, Cécile, qui tournait avec inquiétude les yeux de tous côtés, jeta un cri. « Maman, c'est elle ; la voilà, je la vois, je vois le même petit garçon. » Et elle se jette sur l'habit du cocher pour le faire arrêter plus vite : elle s'élance hors de la calèche, court à Nanette, qui, couchée à terre, et la tête appuyée contre un arbre, paraissait à peine respirer : elle se jette à terre à côté d'elle, lui parle, la soulève, l'embrasse : Nanette la reconnaît et se met à pleurer. Cécile pleure aussi, elle prend Nanette sur ses genoux, la

caresse, l'appelle sa chère Nanette, sa pauvre
petite Nanette. Nanette la regarde avec éton-
nement; une faible rougeur vient animer ses
joues. Madame de Vésac arrive; Cécile voudrait tout de suite faire mettre Nanette dans
la calèche, et l'emmener; mais madame de
Vésac interroge Jeannot, qui, étonné, regarde
tout cela avec de grands yeux sans y rien
comprendre. Pendant que Cécile fait arranger
Nanette dans la voiture, madame de Vésac se
fait conduire par Jeannot chez la mère Lapie,
qu'elle trouve devant sa porte, ne pouvant
pas encore marcher, et qui lui raconte tout
ce qu'elle sait. Madame de Vésac lui donne
un peu d'argent, et retourne trouver Cécile,
qui brûlait d'impatience de voir Nanette arrivée et couchée dans un bon lit : elle y arriva
enfin, et fut soignée par Cécile, qui pendant
huit jours ne quitta pas son chevet, et qui les
nuits se relevait pour savoir de ses nouvelles.
Enfin, le chirurgien annonça qu'elle guéri-
rait; mais elle fut bien longtemps encore à
revenir de l'espèce de stupidité où l'avaient
jetée tant de malheurs et de souffrances.
Quand elle se porta tout-à-fait bien, Cécile

voulut reprendre son éducation avec plus de suite qu'elle ne l'avait fait; mais cette éduca-ion était devenue encore plus difficile, et Cé-cile ne pouvait plus prendre d'autorité sur Nanette; car toutes les fois qu'elle voulait la gronder, elle se souvenait de ce que Nanette avait souffert par sa faute, et n'osait plus lui rien dire; elle sentait que pour avoir le droit de faire aux autres tout le bien qu'on voudrait et de leur ordonner ce qui peut leur être utile, il faut ne leur avoir jamais fait de mal. Elle l'envoya donc à l'école, et économisa sur sa pension de quoi la mettre en apprentissage. On avait fait rendre au frère de mademoiselle Gérard les six cents francs de Nanette; mais Cécile voulut qu'on les gardât pour la marier quand elle serait grande.

Madame de Vésac donna un habit à Jean-not, et la mère Lapie eut la permission d'en-voyer chercher toutes les semaines des légu-mes au château. Madame de Vésac passa non-seulement cet été, mais l'hiver et l'été suivant à la campagne; en sorte que Nanette eut le temps d'apprendre à lire et un peu à écrire.

Ce fut une grande joie pour Cécile, qui

avait craint quelque temps que son intelligence ne fût totalement abrutie. Sa mère, à
qui elle en parlait lorsqu'elle fut tout-à-fait
soulagée de cette inquiétude, lui disait : « On
ne sait pas assez à quel point on est coupable
quand on fait le bien légèrement et uniquement pour son plaisir, sans vouloir s'y donner
de peine. Le bien ne se fait jamais de cette
manière : ceux qu'on néglige après leur avoir
fait espérer des secours se trouvent avoir
compté sur vous; et quand vous les abandonnez, ils sont dénués de toute ressource, en
sorte que vous leur avez fait plus de mal que
si vous ne les aviez jamais aidés. »

L'IMPRÉVOYANCE.

« Non, ma bonne, je vous assure, disait Julie, maman ne le trouvera pas mauvais; ils sont si pauvres ! » Et en même temps elle versait dans le chapeau d'un pauvre homme, entouré de trois enfants malades, le fond de sa bourse, où il y avait bien douze sous en petite monnaie. C'était le reste de sa pension du mois, qu'elle avait reçue la veille. Le pauvre s'en alla bien content, et Julie enchantée n'écoutait guère les remontrances de sa bonne, qui lui rappelait combien de fois on lui avait recommandé de ne pas se livrer ainsi à ses premiers mouvements, comme elle le faisait toujours, sans en considérer les suites, ce qui la mettait souvent dans des situations très. désagréables. En continuant à suivre le boulevard, elles virent plusieurs enfants du peuple s'attrouper autour d'un petit garçon, d'en-

viron quatre ans, qui pleurait. Un gros chien,
en traversant le boulevard pour joindre son
maître, l'avait presque fait tomber et avait
renversé un poêlon de lait qu'il tenait à la
main. Le pauvre petit avait peur d'être
grondé par sa mère.

— Il faut, dit tout bas Julie à sa bonne, lui
donner de quoi acheter d'autre lait. Je vous
en prie, demandez-lui pour combien il y en
avait.

— Pour deux sous, répondit le petit garçon,
qui avait entendu.

—Mais vous n'avez pas d'argent, dit la
bonne. Julie avait compté qu'elle lui prêterait
les deux sous, mais la bonne s'y refusa.
Monsieur de Jassan, le père de Julie, qui lui
voyait du penchant à manquer d'ordre, avait
défendu qu'on lui prêtât jamais rien que ce
qu'elle pourrait acquitter dans la journée, et
la bonne savait bien qu'alors elle ne le pouvait pas, puisqu'elle avait dépensé tout son
argent du mois. La bonne s'éloigna donc et
Julie fut forcée de la suivre. Alors les petits
garçons se mirent à crier : « Ah! elle veut
payer, et elle n'a pas d'argent! » Julie, toute

honteuse, affligée d'ailleurs des pleurs de l'enfant, qui redoublaient depuis qu'il avait vu qu'elle ne lui donnait rien, se mit aussi à pleurer ; car bien qu'elle eût près de douze ans, par une suite de cette faiblesse qui ne lui permettait pas de résister à aucun de ses mouvements, elle se laissait volontiers aller aux larmes.

Elle les cachait le plus qu'elle pouvait dans son mouchoir, et marchait les yeux baissés, lorsqu'elle entendit murmurer à son oreille une voix bien faible, qui lui dit : « Je relève de maladie, j'ai dépensé tout ce que j'avais, et n'ai rien mangé d'aujourd'hui. » Elle se retourna, et vit une femme si pâle, si maigre, qu'elle avait l'air mourant ; elle s'appuyait contre la barrière du boulevard, parce qu'elle ne pouvait se soutenir, et tenait à la main une feuille de laitue qu'elle avait à demi rongée, faute d'autre nourriture. Pour le coup, le cœur de Julie fut près de se fendre ; elle ne put que répondre en sanglotant : « Je n'ai pas d'argent. » La bonne donna un sou pour son compte, et elles continuèrent leur route. La pauvre femme s'éloigna lentement aussi de son côté, sans doute pour aller acheter du pain, et cette idée consola Julie, qui se consolait aussi facilement qu'elle s'affligeait.

Cependant, en rentrant, elle avait encore les yeux rouges.

Elle rencontra son père, qui lui demanda la cause de son chagrin ; elle lui dit qu'il venait de n'avoir pu donner au petit garçon et à la pauvre femme.

— Pourquoi, lui dit son père, n'avais-tu pas emporté d'argent ?

Il fallut bien avouer qu'elle avait tout donné au premier pauvre, encore monsieur de Jassan ne savait-il pas que c'était le reste de la pension.

— Ils étaient si pauvres, ajouta Julie, quel bien leur aurait fait un sou ?

— Mais, dit monsieur de Jassan, crois-tu que tes douze sous aient pourvu à tous leurs besoins ?

— Non, assurément.

— Ils ne les auront donc pas empêchés de demander encore l'aumône ?

— Oh! non, car j'ai vu ensuite une femme qui leur donnait.

— Ils ont donc ensuite reçu l'aumône comme les autres, et n'en ont pas moins eu tes douze sous, tandis que les autres n'ont rien eu de toi?

Julie en convint; mais ils lui avaient fait tant de pitié!

— Si l'on ne donnait aux pauvres que pour son plaisir, reprit monsieur de Jassan, on pourrait donner tout ce qu'on a au premier qui se présente, et qu'on a du plaisir à soulager, quitte à s'exposer au chagrin de ne pouvoir plus rien pour ceux qui viendront ensuite. Mais comme c'est aussi un devoir de soulager les malheureux, il faut, en s'occupant de l'un, garder autant qu'on le peut de quoi remplir ce devoir envers les autres; et jusqu'à ce que tu puisses juger quels sont les besoins les plus grands et les plus pressés à satisfaire, ta justice doit consister à partager tes aumônes le plus également que tu pourras.

Monsieur de Jassan embrassa sa fille, et celle-ci, contente de n'avoir pas été grondée

monta chez elle, sans beaucoup réfléchir à ce
que lui avait dit son père. Ce n'était pourtant
pas la première fois qu'il lui arrivait d'éprouver qu'on peut se repentir, même d'une action de bonté, lorsqu'on l'a fait uniquement
pour son plaisir et sans consulter la raison ;
car lorsque quelque chose vient détruire le
plaisir qu'on y a pris, il n'en reste rien. Ainsi
Julie avait deux fois dans la promenade re-
gretté ses douze sous, parce que le chagrin
qu'elle avait eu de ne plus trouver rien à donner au petit garçon et à la femme lui avait
ôté le plaisir qu'elle avait eu à donner tout
son argent au pauvre. C'était toujours de la
même manière que Julie gâtait une foule de
bons mouvements en s'y livrant avec précipi-
tation, sans songer si elle pourrait ou même
si elle voudrait les soutenir ensuite ; car l'inconstance était un résultat naturel de son caractère, Julie ne trouvant jamais de raison
pour continuer la chose qu'elle avait commencée, quand une autre lui plaisait davantage. Ainsi, depuis plus d'un mois elle s'occupait de la fête de sa mère, et n'avait pu
parvenir à rien finir. D'abord, elle avait en-

trepris un dessin fort difficile : transportée
de l'idée du plaisir qu'auraient ses parents de
lui voir exécuter une chose si fort au-dessus
de ce qu'elle avait fait jusqu'alors, elle s'y
était mise avec une ardeur incroyable, quelque chose qu'eût pu lui dire son maître, qui
savait bien qu'elle manquerait de constance
pour en venir à bout.

Pendant trois jours elle n'avait pensé à autre chose ; et comme le troisième, après avoir
dessiné quatre heures le matin, elle voulut
encore, malgré les remontrances de sa bonne,
travailler à la lumière, elle gâta son ouvrage,
en sorte que, lorsqu'il fallut le lendemain le
raccommoder, elle se découragea, se dé-
goûta ; le dessin n'avança plus, et Julia
trouva qu'un dessin n'était pas ce qui devait
faire le plus de plaisir à sa mère. Mais voyant
un jour, chez une de ses amies, un très-joli
panier à ouvrage brodé en chenille, comme
on lui laissait la libre disposition de son argent, pourvu qu'elle ne fît pas de dettes, elle
alla avec sa bonne, en sortant de là, acheter
un panier et de la chenille pour tout ce qui lui
restait d'argent, et se mit à travailler au pa-

nier comme elle avait travaillé au dessin,
mais, à la première fleur, elle s'aperçut qu'il
lui manquait une couleur nécessaire à la
fleur qu'elle avait entreprise. Elle aurait pu
en faire une autre, mais elle ne la savait pas
si bien : il aurait fallu l'apprendre et avoir un
modèle, et pour cela attendre au surlende-
main, qu'elle devait revoir son amie.

Attendre deux jours était une chose impossible à Julie; elle trouva plus simple de renoncer au panier, et commença à broder un
dessus de pelote en mousseline. Mais Julie
n'aimait pas à soigner ce qu'elle faisait, en
sorte qu'en tirant son coton inégalement et
sans précaution, elle éraillait la mousseline :
puis, pour réparer, au lieu de s'y prendre
doucement, elle tirait encore avec la pointe
de son aiguille, soit d'un côté, soit d'un autre; enfin elle fit un grand nœud à son coton,
essaya de le défaire, et au premier essai, imagina qu'elle n'en viendrait pas à bout : elle voulut le passer de force, et emporta la mousseline.

Il fallait faire une reprise et une fleur par-
dessus; mais c'eût été trop de patience pour
Julie : la pelote fut abandonnée pour une pe-

6

lote verte et or. Elle songea ensuite qu'elle
serait plus jolie en lilas et argent; puis le
jaune et argent lui donna dans l'œil, jusqu'au
moment où elle regarda comme un trait de
génie de la faire en couleur de rose et blanc.

De cette manière elle était arrivée à l'avant-
veille de la Saint-François. Craignant alors de
n'avoir fini aucun de ses ouvrages, elle passa
les deux jours qui lui restaient à les reprendre l'un après l'autre, toujours persuadée,
dans le premier moment d'ardeur, que celui
dont elle commençait à s'occuper ne lui demandait plus que quelques instants; mais
rebutée dès qu'elle s'apercevait de la lon-
gueur du travail qui lui restait à faire, elle
changeait de pensée, et diminuait ainsi à
chaque nouvel essai la possibilité de finir,
jusqu'à ce qu'enfin, le soir du second jour,
guère plus avancée qu'elle ne l'était la veille
au matin, et tout-à-fait désespérée, elle prit le
parti de tout laisser là, et tâcha de se persuader que madame de Jassan oublierait sa fête,
parce qu'elle ne se la rappelait presque jamais
que lorsque ses enfants venaient la lui souhaiter, et que monsieur de Jassan, fort occupé

d'affaires, n'y songeait pas non plus ordinairement. Elle se flatta que comme ce n'était
pas le lendemain jour de congé, son petit
frère Edouard, qui était en pension, ne viendrait pas ce jour-là, et qu'elle aurait du temps
pour penser à ce qu'elle avait à faire.

Cependant elle ne dormit pas d'inquiétude;
et le lendemain matin, en attendant que sa
mère fût éveillée, elle s'attacha à la fenêtre,
tremblant de voir arriver quelqu'un qui rap-
pelât la Saint-François. Le nom de François,
le garçon de cuisine, chaque fois qu'il était
prononcé, lui donnait un frisson et une sueur
froide qui la prenait depuis les pieds jusqu'à
la tête. Elle le vit passer avec un bouquet à sa
boutonnière, et pensa se trouver mal. Ses angoisses augmentaient à mesure que le moment d'entrer chez sa mère approchait, lorsqu'enfin, s'étant écartée un instant de la fenêtre, elle vit entrer dans sa chambre son petit frère Edouard, avec son habit neuf et un
air de joie et de satisfaction.

Il avait préparé pour la fête de sa mère un
beau thème latin; et, comme il avait obtenu
de son maître un congé pour l'apporter le ma-

tin, il avait écrit à son père, sans rien lui dire
de plus, qu'il le priait de l'envoyer chercher,
parce qu'il avait congé. Il apportait, tout fier
et tout content, son thème qu'il avait écrit
d'une belle écriture en fin, sans être rayé,
qu'il avait signé *Edouard de Jassan*, et autour
duquel il avait fait lui-même des ornements
en encre rouge, sans vouloir souffrir que son
maître y touchât.

Il dit à sa sœur qu'il venait souhaiter la
fête de leur mère, lui montra le bouquet qu'il
avait caché dans son chapeau, et puis son
thème, dont il lui faisait surtout remarquer
les coins, où il avait mis le chiffre de sa mère,
de son père, celui de sa sœur et le sien. Julie, toute interdite, écouta d'abord son frère
sans rien répondre et puis se mit à pleurer.
Elle raconta à Edouard tous ses malheurs,
car elle les appelait ainsi; et elle croyait si
bien que c'étaient des malheurs, qu'Edouard
le crut comme elle.

— Mon Dieu, disait-il en regardant tous
ces commencements d'ouvrages que sa sœur lui
avait montrés, n'aurais-tu pu finir ceci ou cela?

Mais Julie trouvait des impossibilités à tout,

et à chaque objection Edouard disait :

— Qu'allons-nous faire ?

—Maman ne pensera plus à sa fête, disait Julie.

Edouard n'en était pas bien sûr, et puis son thème lui tenait au cœur. Julie reprenait :

— Tu le donneras un autre jour ; et alors Edouard répondait :

—Qu'allons-nous faire?

Enfin madame de Jassan sonna pour faire descendre ses enfants; alors Julie commença à se désoler d'une telle manière, qu'Edouard, emporté par son bon cœur, lui dit :

— Eh bien! je ne donnerai pas mon thème.

Julie l'embrassa.

— Cependant, Edouard, lui dit-elle, si cela te faisait trop de chagrin ?

Mais Edouard avait promis, et comme il savait déjà que rien n'est plus honteux à un homme que de promettre ce qu'il n'est pas sûr de tenir, quand il avait une fois dit une chose, rien n'était capable de le faire manquer à sa parole.

Ils descendirent.

Le pauvre petit Édouard était tout embarrassé, tant il était peu accoutumé à cacher quelque chose à ses parents. Julie n'était pas plus à son aise. Madame de Jassan demanda à Edouard par quel hasard il avait congé; Julie trouva moyen de détourner la conversation; mais chaque instant pouvait ramener cette question ou quelque autre aussi embarrassante. Julie aurait dû penser qu'il valait cent fois mieux avouer tout simplement ce qui lui était arrivé que de s'exposer à toutes ces angoisses; mais les personnes de son caractère craignent surtout le chagrin du moment, et s'exposent, pour l'éviter, à des chagrins beaucoup plus longs et plus grands.

Cependant ils virent entrer monsieur Roger. C'était l'ancien gouverneur de monsieur de Jassan, qui avait donné à Edouard les premières leçons de latin; il l'aimait beaucoup et allait souvent le voir à sa pension. Edouard lui avait montré son thème, dont il avait été fort content. Il venait s'informer du succès qu'avait eu le présent de son petit ami, et apportait à madame de Jassan un bouquet. Ma-

dame de Jassan, toute étonnnée d'apprendre
que c'était sa fête, regarde involontairement
Edouard. Julie s'était sauvée en voyant entrer
monsieur Roger. Monsieur de Jassan, après
avoir embrassé sa femme en lui demandant
pardon de son oubli, dit à Edouard qui était
là tout confus et tremblant :

— Et toi, n'as-tu pas souhaité la fête à ta
mère ?

— Il l'a apparemment oubliée, dit madame
de Jassan, qui était très-bonne et qui ne voulait pas que sa fête fût un sujet de chagrin
pour ses enfants.

— Non pas, non pas, dit monsieur Roger,
il y a fort bien pensé. J'ai vu le thème qu'il a
composé pour vous l'apporter ; il est très-
bon.

On regarde Edouard, on le questionne :
également incapable de mentir et de trahir sa
promesse, il ne répond rien. Il se tenait immobile, comme s'il eût craint de laisser échap-
per quelque chose ; il regardait la terre, et
des larmes roulaient dans ses yeux. Pauvre
Edouard ! en ce moment il se trouvait bien
malheureux !

Cependant Julie était derrière la porte dont une moitié était ouverte, et où elle était revenue tout doucement pour savoir ce qui se passait. Elle croyait qu'Edouard allait tout dire, et se disposait à se sauver une seconde fois, quand monsieur de Jassan, mécontant de ce qu'il regardait comme de l'obstination, prit Edouard par le bras, et le mit à la porte de la chambre, en lui disant que, si dans cinq minutes il n'avait pas répondu à ce qu'on lui demandait, il pouvait se préparer à retourner à la pension. Alors ne pouvant plus se contenir, Edouard se mit à sangloter de toute sa force, et Julie, emportée cette fois par un bon mouvement, se jeta au-devant de son père en lui disant :

— Papa ! papa ! ne grondez pas Edouard ; il avait fait quelque chose pour la fête de maman ; et tirant le papier de sa poche, elle le montra.

— C'est cela même, dit monsieur Roger.

Madame de Jassan alla chercher le pauvre Edouard, qui pleurait encore à la porte, et monsieur de Jassan lui demanda plus doucement pourquoi il ne l'avait pas donné.

Edouard, incertain, n'osait pas encore répondre, et regardait Julie qui, de son côté, baissait les yeux ; enfin embrassant sa mère qui l'avait assis sur ses genoux, Edouard dit :

— Julie avait voulu faire un beau dessin, une belle bourse et d'autres belles choses qu'elle n'a pas pu achever.

— Et c'est pour cela, dit Julie toute confuse, que nous n'avons pas parlé de la fête de maman.

Alors tout fut expliqué. Monsieur de Jassan embrassa tendrement son fils ; monsieur Roger était enchanté de son bon petit Edouard, et, pendant qu'on faisait raconter à Julie ce qui était arrivé, celui-ci, courant à la chambre de sa sœur, en rapporta le dessin, les quatre bourses, la pelote et le panier. Il croyait ne pouvoir trop multiplier les preuves du zèle et de la bonne volonté de Julie. Madame de Jassan ne put s'empêcher de rire en voyant tout cela, principalement le dessin, commencé par tous les bouts, et où Julie avait fini la moitié d'un nez, le quart d'une oreille, un coin de joue, une boucle de cheveux, etc. Julie, quoique embarrassée, rit aussi en voyant rire sa mère, et alla l'embrasser, ce qu'elle n'avait pas osé faire encore. On ne voulut pas la gronder, il y avait déjà eu bien assez de chagrin pour un jour de fête ; mais quand le calme fut rétabli, qu'on eut loué Edouard de sa fidélité à tenir sa promesse, en lui disant cependant qu'il ferait bien d'éviter autant qu'il lui serait possible de recevoir des secrets qu'il ne pourrait pas dire à ses parents, monsieur de Jassan dit à Julie que pour punition de son inconstance, elle serait condamnée à ne rien entreprendre qu'elle n'eût fini tout ce qu'elle avait commencé pour la fête de sa mère.

Julie, pour ce jour-là, trouva la punition bien douce : mais il n'en fut pas de même les jours suivants ; car aussitôt qu'elle formait quelque nouveau projet d'ouvrage, on lui demandait : « La bourse ou la pelote est-elle finie ? » On ne les lui laissait pas prendre à son gré, et il fallut que chacun de ces objets fût achevé avant de penser à un autre. Par la suite, toutes les fois qu'elle voulait entreprendre quelque chose, on l'obligeait à y réfléchir ; son père ou sa mère lui en faisait voir

d'avance les difficultés qu'elle n'aurait aper-
çues qu'après avoir commencé ; et si elle
persistait malgré cela, on lui annonçait qu'elle
serait obligée de finir ce qu'elle aurait entre-
pris, ce qui l'effrayait quelquefois assez pour
l'empêcher de commencer, et elle prétendait
qu'on la dégoûtait de tout.

Cependant elle prit insensiblement l'habitude de ne rien entreprendre sans y avoir réfléchi. On l'obligea aussi à régler ses dépenses, non par mois, mais par semaine, ne lui
permettant jamais de dépenser dans une semaine au-delà de la somme convenue ; en
sorte que si elle voulait faire quelque dépense
un peu plus considérable, elle était obligée
d'économiser d'avance. Comme elle était très-
peu prévoyante, elle eut d'abord plusieurs
fois des chagrins fort vifs ; mais enfin elle
s'accoutuma à l'ordre, si bien que, lorsqu'une
chose qu'elle désirait passait ce qu'elle pouvait y mettre raisonnablement, elle ne pensait pas deux minutes de suite à l'avoir,
parce qu'elle voyait bien que cela était impossible.

LA BONNE CONSCIENCE

Une bande de voleurs s'était introduite se-
crètement la nuit dans une ville de province;
plusieurs maisons avaient été escaladées, des
buffets d'argenterie ouverts et vidés, des se-
crétaires forcés. Les bandits avaient fait leur
coup avec tant d'habileté et de bonheur, que,
bien que l'on eût entendu quelque bruit, aucun n'avait été surpris. Ils s'étaient adressés
précisément aux maisons les plus riches; ils
avaient choisi les heures les plus favorables
à l'exécution de leur dessein; ils étaient en-
trés plus tôt chez ceux qui se couchaient de
bonne heure, et avaient attendu une heure
plus avancée pour s'introduire chez ceux qui
se retiraient plus tard. Il était clair qu'on les
avait bien instruits, bien dirigés, et qu'on
leur avait facilité l'entrée et la sortie de la
ville par les fenêtres et les toits de quelques

maisons donnant sur les remparts, et où on
apercevait les traces de leur passage.

Dans une de ces maisons habitait un charpentier nommé Benoît, sur qui les soupçons
se portèrent d'autant plus facilement que Benoît, peu connu dans la ville, où il n'habitait
que depuis quelque temps, inspirait d'ailleurs
une sorte d'éloignement par sa physionomie
assez sombre, ses sourcils noirs et rappro-
chés, et une longue cicatrice qui lui traver-
sait le visage. Il ne parlait presque pas, même
à sa femme, pour qui il était d'ailleurs un bon
mari, mais à qui cependant il faisait un
peu peur par sa taciturnité, et l'habitude
qu'il avait de ne pas aimer à répéter deux fois
la même chose; de sorte que les commères
du quartier plaignaient beaucoup madame
Benoît. Il ne battait pas son fils Silvestre,
mais il ne souffrait pas qu'on lui désobéît ni
lui raisonnât, et quoique Silvestre n'eût que
sept ans, il le faisait déjà travailler; et les petits garçons qui voyaient Silvestre, dès qu'il
apercevait son père de loin, se sauver bien
vite d'avec eux pour aller se remettre à l'ouvrage, avaient peur de Benoît comme de la

poste, et l'appelaient le méchant Benoît. Enfin
on savait que Benoît avait fait différents mé-
tiers, qu'il avait été soldat, qu'il avait beaucoup couru le monde, et devait par conséquent avoir eu beaucoup d'aventures; et il ne
racontait jamais d'histoires, d'où l'on con-
cluait qu'il n'en avait pas de bonnes à raconter.

Dès qu'on eut commencé à le soupçonner,
on rassembla tous les indices qui pouvaient
confirmer tous les soupçons. On remarqua
que Benoît, qui n'allait jamais au cabaret, y
avait été la veille du vol, avait bu assez longtemps, et s'était entretenu, d'un air de grande
familiarité, avec deux hommes de mauvaise
mine qui n'étaient pas de la ville, et que l'on
n'y avait plus revus depuis. Un voisin déclara que, s'étant mis par hasard à la fenêtre
à onze heures du soir, il avait vu, dans la
nuit où le vol avait été fait, la porte de Benoît, qui était toujours fermée à neuf heures,
ouverte à moitié, quoiqu'il n'y eût pas de lumière dans la boutique. Enfin on alla exami-
ner l'endroit par où avaient passé les voleurs,
et où l'on avait trouvé une cuillère d'argent

qu'ils avaient laissé tomber, et l'on vit qu'il correspondait à la fenêtre du grenier de Benoît. On aperçut à cette fenêtre un bout de corde qui avait probablement servi à attacher une échelle ; on distingua même l'endroit où l'échelle avait été posée contre le mur, qu'elle avait un peu dégradé, et l'on vit sur la fenêtre la marque d'un pied d'homme.

D'après tout cela, on arrêta Benoît, et on le mit en prison. Il s'y laissa conduire avec une grande tranquillité, car il était innocent. Mais voici ce qui était arrivé. Un ancien soldat, nommé Trappe, camarade de Benoît, était venu depuis quelque temps s'établir perruquier dans la ville. Il avait autrefois sauvé la vie à Benoît dans une occasion où ils étaient tort] pressés par l'ennemi ; de sorte que Benoît l'accueillit amicalement, quoiqu'il n'aimât pas le caractère de Trappe, qui était bavard, hâbleur, et, à ce qu'il croyait un fripon.

La veille du vol, Trappe vint le trouver, en lui disant que deux de leurs anciens camarades, ayant servi dans le même régiment, passaient par la ville, qu'il fallait qu'il vînt boire

bouteille avec eux. Il lui rappela en même
temps que c'était l'anniversaire de la bataille
où il lui avait sauvé la vie : d'après cela, Benoît ne crut pas pouvoir refuser l'invitation;
il voulut même payer, mais on ne le voulut
pas. On tâcha de le faire boire, de le faire cau-
ser; car Trappe et ses deux camarades fai-
saient partie de la bande qui devait entrer la
nuit dans la ville. Ils espéraient obtenir de
Benoît quelques renseignements, et voulaient
d'ailleurs l'enivrer, pour qu'il n'entendît pas
ce qui se passerait dans sa maison, ou fût
moins en état de s'y opposer. Cependant Benoît ne parla guère et ne s'enivra pas ; seulement il s'en alla la tête un peu lourde, et dormit plus profondément qu'à l'ordinaire.

Le lendemain matin il s'aperçut que la
porte de sa boutique avait été ouverte, il s'en
étonna, car il était sûr de l'avoir fermée. Il
monta dans son grenier, en trouva la fenêtre
ouverte; il l'avait aussi fermée. Il s'aperçut
qu'on avait dérangé un sac de fèves de la
place où il l'avait mis. Benoît n'en dit rien à
personne, car il n'avait pas coutume de parler
sur les choses avant de les comprendre; mais

Il réfléchit beaucoup à tout cela. En sortant
pour aller à son ouvrage, il trouva tout en ru-
meur dans la ville ; on ne parlait que du vol
qui s'était fait pendant la nuit. On rapportait
que la veille on avait vu dans les cabarets
des hommes suspects ; on désignait surtout
celui où il avait bu avec Trappe et les deux
autres. Bientôt il s'aperçut qu'on commençait
à éviter de parler devant lui, et qu'on le regardait d'un mauvais œil. Il se souvint que
la veille Trappe, en sortant du cabaret, l'a-
vait suivi tout en bavardant, une bouteille à
la main ; qu'il était monté dans la chambre où
se trouvaient sa femme et son fils, et les avait
forcés en riant à boire deux verres de vin, apparemment pour les enivrer ; il se souvint
aussi que, s'étant mis à la fenêtre après que
Trappe avait été descendu, il s'était étonné de
ne pas le voir sortir, et avait cru qu'il était
déjà sorti.

De tout cela il conclut que Trappe s'était
caché dans sa maison, et que c'était lui qui
avait ouvert sa fenêtre et sa porte aux voleurs. Il alla le trouver et lui dit : « C'est toi
qui as ouvert aux voleurs la fenêtre de mon

grenier et la porte de ma boutique. » Trappe voulut avoir l'air de ne pas comprendre, puis il fit semblant de se mettre en colère, mais il était troublé. « Tu m'as sauvé la vie, lui dit Benoît, je ne te dénoncerai pas ; mais si tu as fait le coup, va-t'en, et que je ne te voie jamais, ou tu auras affaire à moi. »

Le lendemain matin Trappe disparut.

Ce fut ce jour-là que Benoît fut arrêté.

On lui demanda si c'était lui qui avait ouvert sa fenêtre et sa porte, il répondit que non. On lui demanda s'il savait qui les avait ouvertes ; il répondit qu'il ne le savait pas. En effet, il n'avait aucune certitude que ce fût Trappe. On lui demanda s'il soupçonnait quelqu'un : il répondit que comme on l'avait arrêté sur des soupçons, ses soupçons pourraient en faire arrêter un autre qui ne le mériterait pas plus que lui ; qu'ainsi, quand il en aurait, il ne le dirait pas. Enfin il répondit la vérité à toutes les questions, mais sans rien ajouter de plus, et sans dire un mot qui pût inculper Trappe. Après avoir examiné son affaire, comme il n'y avait aucune preuve contre lui, on fut obligé de le mettre en liberté, mais on resta bien persuadé que c'était lui qui avait ouvert aux voleurs ; il s'en aperçut à la manière dont on lui annonça qu'il était libre, et aux propos qu'il entendit en traversant la cour. Il n'en parut nullement ému. En rentrant chez lui, après avoir embrassé sa femme qui était transportée de joie de le revoir, il embrassa son fils, et lui dit tranquillement : « Silvestre, tu vas entendre dire partout que, pour avoir été acquitté, je n'en suis pas moins un fripon, et que c'est moi qui ai ouvert aux voleurs ; mais ne t'inquiète pas, cela ne durera pas toujours. Sa femme fut effrayée de ce qu'il disait, mais elle ne voulut pas le croire, et sortit pour recevoir les félicitations de ses voisines.

Quelques-unes lui tournèrent le dos sans lui rien dire ; d'autres la regardaient d'un air de pitié en haussant les épaules comme pour dire : « La pauvre femme! ce n'est pas sa faute. »

D'autres enfin lui déclarèrent ce qu'elles en pensaient.

Après avoir dit des injures à trois ou quatre, elle rentra en pleurant, en jetant les hauts cris, et en disant qu'ils ne pouvaient plus demeurer dans la ville, qu'il fallait absolument la quitter.

— Si je m'en allais, dit Benoît, il ne resterait que ma mauvaise réputation.

— A quoi te servira d'y rester ? lui demande sa femme.

— A m'en refaire une bonne.

— Tu perdras toutes tes pratiques.

— Non, car je serai le meilleur ouvrier de la ville.

— Il y a d'autres bons ouvriers ; comment feras-tu pour être meilleur qu'eux ?

— Quand les choses sont plus difficiles, le tout est seulement de s'y donner plus de peine.

Benoît avait de l'ouvrage qu'on lui avait fait commencer avant son arrestation ; il fallut bien qu'on le lui laissât achever. Il le fit avec tant de promptitude, tant de perfection et à si bon marché, que ceux pour qui il l'avait fait continuèrent de l'employer, quoiqu'ils n'eussent pas bonne opinion de lui. Il se mit à se lever tous les jours deux heures plus tôt, à se coucher plus tard, à travailler encore plus que de coutume, en sorte qu'étant moins souvent obligé de prendre des ouvriers, il pouvait se faire payer moins cher, quoiqu'il fournît de meilleur bois et de l'ouvrage mieux fait. Ainsi, non-seulement il conserva ses pratiques, mais il en acquit de nouvelles. Il voyait bien ce que l'on pensait de lui, et avait l'air de ne s'en point inquiéter. S'il voyait que l'on prenait des précautions contre lui, qu'on n'osait le laisser seul dans une chambre, il se contentait de sourire tranquillement sans rien dire ; mais si quelqu'un en passant dans la rue s'avisait de lui tenir un mauvais propos, il le regardait d'un air qui ôtait toute envie de recommencer. Il voyait bien qu'on examinait ses comptes avec une sorte d'inquiétude ; mais il avait soin de les tenir si clairs, si détaillés, de les appuyer de tant de preuves, que l'on finissait quelquefois par lui dire qu'il y en avait plus qu'il n'en fallait.

« Non, disait-il ; je sais bien que vous avez mauvaise opinion de moi, il faut que vous voyiez clairement que je ne vous trompe pas. »

Le feu prit à une maison, et menaçait de

gagner la maison voisine. Plusieurs ouvriers
avaient essayé de couper la communication ;
mais ils y avaient renoncé, parce qu'il y avait
trop de danger. Benoît arriva à la porte de la
maison menacée ; il vit que les domestiques
n'osaient le laisser entrer sans la permission
de leur maître, qui ne se trouvait pas là.
« Eh ! dit-il en les poussant pour entrer malgré eux, il s'agit de sauver votre maison ;
vous verrez bien après s'il y manque quelque
chose. » Il monta seul au haut de la maison
que tout le monde avait abandonnée. En traversant une chambre, il vit une montre lais-
sée à la cheminée ; il la serra dans sa poche,
de peur que d'autres ne la prissent ; mais
songeant ensuite qu'il pourrait périr dans son
entreprise, et que, si on lui trouvait la montre, on le prendrait pour un voleur, il la cacha dans un trou de muraille. Il grimpa à
l'endroit d'où s'approchait le feu, s'établit sur
la partie qui commençait à s'enflammer, la
coupa à coups de hache, interrompit toute
communication, et redescendit ensuite. Il
rencontra le maître de la maison, et lui montra où il avait mis la montre : « Je l'ai cachée

là, lui dit-il, parce qu'on aurait pu la prendre, et que vous auriez cru que c'était moi. »

Tant de marques de probité et de franchise, la conduite régulière de Benoît, continuellement exposée aux regards de tout le monde, commençaient à faire impression en sa faveur. Un homme riche vint dans le pays pour y faire de grands bâtiments, qu'il destinait à une manufacture. Il demanda le meilleur charpentier ; il était impossible de ne pas lui indiquer Benoît ; il l'employa. Il fut si content de son intelligence, de son zèle, de sa probité, qu'il déclara que Benoît était certainement un très-honnête homme. Comme c'était un homme important, cela produisit beaucoup d'effet. La réputation de Benoît comme ouvrier s'étendit dans toute la province ; il fut chargé de grandes entreprises ; il put même en entreprendre pour son compte de moins considérables. Cela lui donna occasion d'avoir affaire à beaucoup de gens, et tous ceux qui avaient affaire à lui prenaient bonne opinion de son caractère. On ne l'espionnait plus ; cependant on se demandait encore comment sa porte et sa fenêtre s'étaient trouvées ouvertes pour le passage des voleurs. Beaucoup croyaient qu'il le savait. L'homme riche qui l'avait employé pour les bâtiments de sa manufacture, et qui s'intéressait à lui, lui dit un jour qu'il devrait tâcher d'expliquer ce fait. « Cela sera inutile, dit Benoît, quand j'aurai tout-à-fait établi ma réputation d'honnête homme. » On finit par ne plus s'occuper de cette aventure, où l'on était sûr qu'il ne pouvait avoir eu part. Un des voleurs fut pris plusieurs mois après dans le pays, et raconta toute l'histoire. On vint en faire compliment à Benoît. « Cela ne m'inquiétait guère, dit-il, je savais bien qu'un honnête homme ne pouvait toujours passer pour un fripon. »

FIN.

Limoges. — Imp. E. ARDANT et Cⁱᵉ.

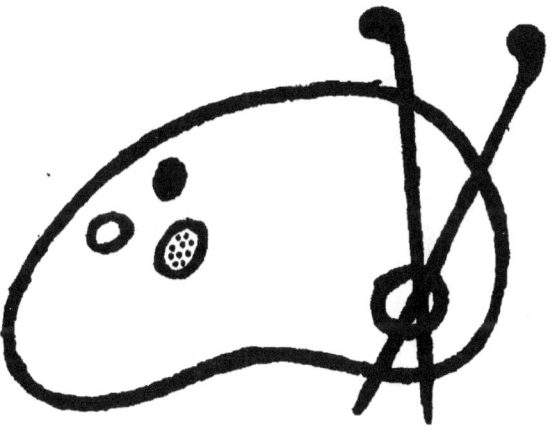

Original en couleur

NF Z 43-120-8